集英社オレンジ文庫

神招きの庭 2

五色《ごしき》の矢は嵐つらぬく

奥乃桜子

本書は書き下ろしです。

【目次】

【人物紹介】

綾芽《あやめ》

神命を退ける「物申《ものもうし》」の力を持つ少女で、二藍の妃。二藍を人に戻す方法を探している。

二藍《ふたあい》

兜坂国《とさかのくに》の王弟。神と人の性質を持ち、心術を使う「神ゆらぎ」で、先の陰謀から国を救った功により、春宮《はるのみや》に任じられる。

鮎名《あゆな》

一花《ひとはな》の妃宮《きさきみや》。大君の妃で、現在の斎庭《ゆにわ》の主。

大君《おおきみ》
兜坂国の今上《きんじょう》で、二藍の兄。
二藍の身を案じている。
十櫛《とくし》
小国・八杷島《やはじま》の王子。
客分として兜坂国の宮廷に
預けられている。
千古《ちこ》
大風の神招きにあたり、
弓の射手として召喚された女舎人《とねり》。
二藍の知り合いらしいが…。

イラスト／宵マチ

2
神招きの庭
かみまねきのにわ
五色の矢は
嵐つらぬく

第一章

斎庭《ゆにわ》に神ゆらぐ春宮《はるのみや》の立つ

兜坂国《とさかのくに》に新たな王太子――春宮《はるのみや》が立ったのは、うららかな春の初めだった。

その日、立太子《りつたいし》の儀を控えた広大な宮城・外庭《とつにわ》の殿舎の前には、金銀の旗が立てられた。花を冠に挿《さ》した貴族たちが、白砂《しろすな》の上にずらりと並ぶ。

左右には、紅白の古梅がちょうど咲き競っていた。例年なかなか揃《そろ》って咲かないのが、今年は同時だったので、人々は驚いた。これはきっと、新たな春宮の誕生を寿《ことほ》いでいるのだと噂《うわさ》するものさえいる。

なぜなら――。

兜坂の国とは、左右並びたつ紅白の梅のように、男女が共に支える国である。

男はこの外庭で、人を治める。

女は斎庭《ゆにわ》と呼ばれる後宮《こうきゅう》にて、神を招き、ときにはなだめて国を守る。

新たな春宮は、通称で二藍《ふたあい》という。王弟に生まれながら、女たちの祭祀《さいし》の場で生きてきた男だ。心術を使い、神と人の間をゆらぐ者――神ゆらぎであるために、本来ならば決して春宮になれない身だったが、このたびの政変を防いだ功により、異例の立太子に至った。

つまり二つの梅が揃い咲くのは、男でありながら神祇《じんぎ》に携《たずさ》わり、神と人の間を取りもつ、そういう質《たち》である二藍を祝っているからだ――そういうことらしい。

それが本当かはさておき、気持ちのよい日には違いなかった。

大君《おおきみ》・楯磐《たていわ》は古式にのっとり、頭《こうべ》を垂れた二藍の首に、古《いにしえ》より伝わる硬玉《こうぎょく》の首飾りを与えた。

やがて二藍は立ちあがり、居並ぶ群臣百寮《ひゃくりょう》へ向き直る。

梅の香りが風に舞い、二藍の濃紫《こむらさき》の袍《ほう》を揺らす。春告鳥《はるつげどり》の囀《さえず》りが、甍《いらか》の向こうに華やかに響いた。

実を言えば貴族の中には、この新たな春宮を歓迎しない者も多かった。けれどこのときばかりは、冷たさすら感じさせるほど整った、怜悧《れいり》なその面持《おもも》ちに誰もが目を奪われ、こう思わずにはいられなかった。

――まるで斎庭へ招かれた、尊き神を前にしたようだ、と。

すべての者が、立太子を祝い拝舞《はいぶ》する。空は青く澄み渡っていた。

そのようにして、儀はつつがなく終わった。

本来ならばこのあとに、春宮妃を任じる儀式が続く。しかし二藍に妻はいないので省略された。

身のうちに神気が澱《よど》んでいる二藍は、交わった相手を殺してしまう。よって妻妾《さいしょう》はいないのだ。

いや。

本当は二藍にも、ひとりだけ妻がいる。国を滅ぼさんとする陰謀を前に共に戦い、深い絆《きずな》で結ばれた娘が。

しかし今、二藍の隣にその娘の姿はない。貴族の間にも殿舎のうちにも、それどころか外庭のどこにも。

なぜならその頃、娘は——

「ああもう、それ、早く火から離して！　かんぺきに焦《こ》げてるじゃない！」

広大なる斎庭の片隅で、同僚に叱《しか》られ慌《あわ》てて焼き串に手を伸ばしていたからである。

綾芽《あやめ》は急いで、鮎《あゆ》を刺した串を灰から引き抜いた。でもときすでに遅かったらしく、同僚で女嬬《にょじゅ》（下級女官）の須佐《すさ》が呆《あき》れた声をあげる。

「どうするの、黒焦げじゃない。わたし、『いい感じに焼いて』って頼んだんだけど」

辺りには、香ばしい匂《にお》いが漂っている。

綾芽の手にした鮎からだけではない。素焼きの大鍋には鴨《かも》と芹《せり》を煮込んだ汁物の湯気が溢《あふ》れているし、蓮《はす》の実を混ぜこんで蒸した強飯《こわいい》も、そろそろできあがりだ。干した鹿肉、塩づけの瓜《うり》や茄子《なす》、草餅《くさもち》や干し柿に至るまであらゆる美味を用意しようと、袖《そで》をたくしあげた女官が幾人も、所狭しと立ち回っている。

鮎を手に途方にくれている綾芽も、そんな女官のひとりだった。単衣《ひとえ》と切り袴《ばかま》に、地味で着古した表衣《うわぎ》という、女嬬の官服《かんぷく》をまとっている。顔は煮炊きで煤《すす》けていたが、ぱちりとした瞳には、どこか目を離せなくなるようなまっすぐさがある。もっとも今は、困ったように細まっているが。

ここは、神を招く宮城――斎庭《ゆにわ》の一角。神饌《しんせん》の調理を担《にな》う膳 司《かしわでのつかさ》である。斎庭に住まう大君の妻妾と、斎庭を日々訪れる神々に献じる神饌を用意するのが役目だった。

この斎庭に現れる神々は、みな本物の人や獣のような実体を持っている。だからここで作る食事は飾りではない。本当に食べていただくものだ。

斎庭で祀《まつ》る神は、合わせておよそ三千座。神々それぞれが好む食事を捧《ささ》げ、お泊まりいただき、ときにはお楽しみいただくのが、膳司を含む斎庭に生きる女たちの務めである。

すべては、神に人にとって都合のよい状態でいてもらうために。ただひれ伏すわけでははなく、人の利を得るために神をもてなす。それが兜坂の神招きのやり方だった。

綾芽も例に漏《も》れず、今宵《こよい》に訪れる山神のために焼き鮎を用意しているところである。

それにしても、と綾芽は思った。この鮎は本当に焼きすぎなのだろうか。食べ頃にしか見えないのだが。どうにも解《げ》せず、須佐に向かって首を傾《かし》げる。

「黒焦げっていうほどじゃない。むしろうまく焼けてると思うんだけど」

「焦げてるじゃない」

「確かに皮はちょっと焦げたけど、こんがりしておいしそうじゃないか。それに、鮎はよく焼いた方が脂《あぶら》が落ちてうまいって……とある高貴な御方が仰《おっしゃ》っていた」

はあそう、と須佐は大げさに息を吐いて、綾芽から串ごと鮎をもぎとった。

「人にとってはそうね。でもこれは神饌。本当は神様が召しあがるはずだったの。こんなふうに」

言うや脂の乗ったおいしい部分をがぶりとやったから、綾芽はさすがにぎょっとした。

「え、食べちゃっていいのか？」

須佐は文句は多いが、根は生真面目《きまじめ》だ。つまみ食いさえめったにしない。

でも須佐は、「構いやしないわ」と鮎を味わう口を止めなかった。

「どうせもう神饌にはできないもの。山神さまの神饌は、半分くらい生じゃないと。ほら、梓《あずさ》にもあげる。おいしいから、心して食べなさいよ」

綾芽は少々困惑《こんわく》したが、だったら、と一口いただいた。

ちなみに綾芽は、ここでは梓と名乗っている。わけあって、名を偽《いつわ》っているのだ。

「……ほんとだ。すっごくうまいな」

「当たり前でしょ。神饌に使われる鮎だもの。禁苑《きんえん》の川で獲《と》れたものよ」

「なるほど道理で――」

「まあ、その神饌は、これから作り直しになるわけだけど」

須佐はこれみよがしに綾芽を小突いた。「こんなことだからあんた、せっかく二藍さまにお仕《つか》えできてたのに、愛想つかされて放りだされるのよ」

綾芽は渋い顔をした。言い返したいが、言い返せない。

と、

「え、梓がこのあいだまで二藍さま付きの女官だったって噂、本当なの？」

後ろで高坏《たかつき》に強飯を盛っていた女嬬の娘、鈴《すず》が興味津々《しんしん》に首を突っこんできた。

すかさず「ほんとのほんとよ」と須佐が勢いよく話しだす。

「この子、田舎《いなか》生まれの女嬬のくせに、入庭《にゆうてい》してからずうっと二藍さま付きをやってたのよ。二藍さまのお館に、室《へや》まで用意してもらって」

へえ、と鈴は目を丸くして、綾芽をしげしげと眺めた。珍しいものを見たと言わんばかりだ。

無理もない。二藍は、この斎庭で一、二を争う実力者。多くの女官にとって雲の上の存在なのである。

後宮でもある斎庭では、もっとも官職の高いのは、大君の一の妃《きさき》である妃宮《きさきみや》・鮎名《あゆな》だ。二藍はそれに次ぐ地位にあった。しかも王弟で、今日から春宮でもある。

「とっても大事にされてたのよ、いっちょまえに。すごくいい衣《ころも》を仕立ててもらって」

ねえ、と言いながら須佐は、すっかり頭と骨だけになった鮎を、ぺらりと木の台の上に置いた。あとで猫にでもやるつもりだろう。

「それがどうしてこんなところに？　お偉い御方に気に入られたら、もっといい目に遭いそうだけど。役付きの女官とか、花将《かしょう》とかにしてもらえるんじゃないの？」

花将とは、大君の妻妾のことである。

兜坂国では王の妻妾が、王の名代《みょうだい》として神をもてなす祭主となる。それゆえ百いる妻妾のほとんどは、大君と実際の婚姻関係にない。

そういう神祇官の高官としての妻妾らを花将と呼ぶ。

「やらかしたんですって」

と須佐は口元に手を当てた。

「やらかした？」

「そ。ほら、このあいだ斎庭で、謀反《むほん》騒ぎがあったじゃない。石黄《せきおう》さまが、この国の祭祀を外《と》つ国に渡そうとした」

それはここのところずっと、斎庭の女官がこぞって噂している大事件だった。

斎庭には普通、男はいない。例外が、神気をまとった者――神ゆらぎとして生まれた王族だ。それが少し前までふたりいた。二藍と、二藍や大君の伯父《おじ》、石黄である。

その石黄が国を傾ける陰謀を企《くわだ》てていたのが、先日明るみにでたのだった。

噂によると石黄は、神ゆらぎだけが使える、人の心を操る力――心術を使って、さきの春宮の心を操り、国を陥《おとしい》れようと画策《かくさく》していたという。

しかしどうにか陰謀は退《しりぞ》けられた。二藍の働きによるところが大きかったとの、もっぱらの噂だ。二藍は自《みずか》らの手で伯父の首を刎《は》ね、大君に捧げたという。だからこそ神ゆらぎの身ながら、異例の立太子に至ったのだ。

「ちょうど今ごろ、立太子の儀が終わる頃かしらねえ」

と鈴は頰《ほお》に手をやった。それから呆れた様子で綾芽を見やる。

「なるほど。あんた、あの事件のときに逃げたのね。二藍さま付きの女官なら身体を張ってお守りするべきなのに、怖《お》じ気《け》づいて逃げだしたんでしょ?」

「いや、えっと……」

違う、と思わず返しそうになって、綾芽は慌てて口をつぐんだ。もちろん逃げたわけではないのだが、それは言えない。真相は大君や二藍、斎庭のごく一部の高官のみの秘密だ。

――それに。

小さく息を吸って、綾芽は慎重に言葉を継いだ。

「そうじゃないんだ。わたしが二藍さまの勘気《かんき》を被《こうむ》ったのは別の理由だよ。実はついこのあいだ、見ちゃったんだ。……二藍さまがひた隠しになさっている、愛妾を」

「愛妾?」

鈴はぽかんとしたが、ふいに身を乗りだした。

「ほんとに? それ、詳しく聞かせて――」

「なにを遊んでいるのです?」

そのときうしろから、冷ややかな声が投げかけられた。たちまち綾芽と鈴――おまけに須佐は、のけぞるように額《ひたい》を離す。

背後に腕を組んで立っていたのは、綾芽たちの上役の筒井《つつい》だった。勤続三十年、膳司《かしわでのつかさ》一筋。厳しいことで有名だ。

怒られる。そう悟って綾芽と須佐は慌てた。一方の鈴は、「あ、わたしあっちで用事があるんだった」と愛想笑いで切り抜けようとする。もちろん筒井は逃がさなかった。「待ちなさい」と鈴の首根っこを摑《つか》んで引き戻すと、

「よいですか。今から命ずる作業が終わるまで、決して持ち場を離れないように」

今度は油を売らせまいと、細かく指示をだしはじめる。その間に綾芽と須佐は目配せして、先ほど食べた鮎の骨を、そうっと後ろ手で受け渡した。今のうちに始末しなければ。

でもやはり、筒井の目はごまかせなかった。

「梓、須佐。うしろに隠したものをだしなさい。神へ捧げる供物《くもつ》をお前たちが食べるとは、いったいどういう了見です?」

ぐいと顔をつきだされると、逃げようもない。綾芽が言い訳を考えるよりさきに、須佐はあっさり白状した。

「ち、違うんです!　梓が焦がしちゃったから、仕方なく」

「焦がした?」

当然ながら、筒井は立腹した。とくに綾芽の罪が重いと考えたらしい。小さくなった綾芽を上から下まで見やって、疑わしくてしょうがないという顔で口をひらいた。

「あなた、本当に二藍さまのお付きの者だったのですか?　あなたのようなものを知らぬ

娘を、あの賢き御方が重用していた？　信じられない。なにか裏があったのでは？」

鋭い指摘に綾芽はぎくりとした。でも、何食わぬ顔で答える。

「そんな、裏なんてありません。もともと二藍さまは、わたしのものを知らぬところをお気に召してくださっていたみたいです。でもその……それにしても知らなすぎたようで、だからこうやって放りだされてしまいました。それだけです」

「……ならばそういうことにしておきましょう」

筒井はじろじろと綾芽を見ていたが、最後にはどうにか納得してくれたようだった。洗練された女人《にょにん》と雅《みやび》やかなやりとりをするよりも、はね返りの田舎娘と気安く接するのが好き。二藍がそんな性格なのは、斎庭の誰もが知るところだ。

筒井は最後に「とにかくまじめに取り組むように」と綾芽と須佐に言いわたし、くるりと背を向けて竈《かまど》の様子を見にいった。

それからほどなく、筒井がいなくなったのを見計らったように、

「ねえ。さっきの話の続き、聞かせてよ」

と鈴がまたしても話しかけてきた。

「二藍さまの愛妾を見ちゃったって本当？　でもあの方って神ゆらぎでしょ？　人と交われないから妻だっていないし、愛《いと》しい御方をつくるおつもりすらないって聞いたのに」

どうやら筒井の苦言は、右の耳から左の耳に抜けたらしい。綾芽は少々呆れたが、すぐに思いなおした。むしろ好都合ではないか。

すばやく周囲に目をやって、「本当だよ」と声をひそめる。

「わたしもそう思ってたよ。あの御方は誰かを寵愛《ちょうあい》なさったりしないって。でも、ある夜だった。二藍さまが夜更《よふ》けに、供も連れずに館をお出になるのを見て、気になってあとをつけたんだ。そしたら人がいないはずの館に……大層美しい姫がいらっしゃって」

「……いらっしゃって？」

「その、なんというか……」

「二藍さま、愛おしそうにその姫を抱きしめていらしたんですって」

綾芽が言いよどんでいるうちに、須佐がそう言って、ぎゅっと両手で自分の身体を抱いてみせた。

「本当？」と目を輝かせた鈴に、綾芽は顔が赤くなりそうなのをなんとか堪《こら》えてうなずく。

「ふうん。その館ってどこなの」

「絶対、誰にも言わないでくれよ」

「言うわけないでしょ」

じゃあ、と綾芽は掌《てのひら》に滲《にじ》んだ汗を袖で拭《ふ》いて、こそこそと告げた。

「二藍さまがこのあいだまで住んでいた、東の屋敷だよ」

たちまち鈴は息を呑み、それからなにか言おうとした。

でもその前に、

「こら、お前たち！　またも油を売っているのですか！」

と、いつのまにかうしろにいた筒井の雷が再び落ちて、三人は、急いでそれぞれの持ち場に戻った。


その夜のことである。

綾芽は西の女官町にある宿舎を、滑るように抜けだした。

すでに陽《ひ》が沈んでいくらか経《た》っている。斎庭全体を支える、後宮司《こうきゅうのつかさ》の女官たちが住む西の女官町は静まりかえっていた。

綾芽は板葺《いたぶ》きの宿舎が並ぶ通りを、足音が響かないよう細心の注意を払ってそろりと歩き——はたと立ちどまった。

通りの少し先に、ぽつんと女の影がある。目立たないように暗い色の衣を被《かず》いているが、確かにさきほど話をした女嬬の娘、鈴だ。周りをきょろきょろと見回したかと思えば、文《ふみ》のようなものを大事そうに懐《ふところ》に隠し、早足で歩きだす。

その様子に綾芽はごくりと息を呑んで、気づかれないようあとをつけはじめた。

――ついに獲物《えもの》が引っかかった。

おそらく鈴は今、さきほど綾芽から聞いた、二藍の愛妾の居場所を文にしたため、誰かに伝えようとしている。

確かに『二藍がかわいがっている愛妾』なんてものが本当にいるなら大事だ。とくに二藍と敵対する者にとって利用価値がおおいにあるから、一刻も早く伝えたくなる気持ちもわかる。

でも実際は、愛妾なんてものはいなかった。こうして鈴に動いてもらうため、綾芽がでっちあげた嘘だ。わざとまいた餌《えさ》なのである。

（ようやく食いついてくれたな……）

綾芽は緊張と高揚を押しこめて、築地塀《ついじべい》が並ぶ小路《こうじ》を進んだ。

鈴は、斎庭の中央を南北に走る賢木大路《さかきおおじ》へでた。牛車《ぎっしゃ》が五つは並べるほどに広い路《みち》は、都に面した南の壱師門《いちしもん》から、妃宮のおわす広大な桃危宮《とうきぐう》まで、まっすぐに続いている。鈴は壱師門まで行き、門の脇にある小さな官衙《かんが》をそうっと覗《のぞ》きこんだ。

そこは鶏司《とりのつかさ》だった。斎庭に立ち入る男は、腰に雛《ひな》ほどに小さな鶏、掌鶏《しょうけい》の入った籠《かご》、孤《こ》をつけるきまりだ。その掌鶏と、斎庭で使う牛馬や驢馬《ろば》の世話をするところである。

そのまま鈴は、崩れた塀の陰で身をかがめた。どうやら見回りの宿直《とのい》がいなくなるのを待っているらしい。綾芽もすこし離れた築地塀の裏にひそんだ。

そのとき、綾芽の後方、闇に溶けるように小路の隅にとまっていた牛車から、黒い影がひらりと姿を現した。

すらりと背が高い、濃き色の袍をまとった男だ。音もなく綾芽に近づいてくる。

他でもない、二藍だった。

神ゆらぎの証《あかし》に、頭には冠を戴《いただ》かず、流れるような髪は項《うなじ》のあたりでひとつにまとめられている。月光に浮かんだ横顔は、冷たく整っていた。

しかしその冷たさも、振り返った綾芽と目が合うや、たちまち緩《ゆる》んだ。

「順調のようだな、綾芽」

「二藍！　来てくれたんだな」

綾芽は思わず声を弾《はず》ませてから、慌てて口を押さえた。二藍はおかしそうに笑みを浮かべている。

「なんだ。こんなときにはしゃいでいるのか？」

「そうじゃないけど……久しぶりにあなたに会えて、嬉しいんだ」

顔をほころばせた綾芽につられるように、二藍も目を細めた。

「そうだな。私も嬉しい」

月明かりの下でも、二藍が心から喜んでいるとはっきりとわかる。綾芽は頬が緩むのを抑えるのに苦労した。この顔がずっと見たかったのだ。

でも久々の再会を喜ぶのはあとまわしだ。鈴が塀をよじ登りはじめている。

「あれが餌に食いついた者だな？」

「そうだ」

視線を交わし合い、急いで追いかけた。

塀を乗り越えた鈴が入っていったのは、離れにある物置小屋だった。隅に、瓜《うり》ほどの大きさの竹籠が山と積まれている。掌鶏を入れるための籠だ。鈴はその前に膝《ひざ》をつき、懐に手を忍ばせた。取りだした文を、竹籠の山の一番下に忍びこませ――。

「そうやって文をやりとりしていたんだな」

綾芽は戸口に立ちはだかるようにして、声を張りあげた。

はっとしたように鈴は振り返る。つけられていたとようやく気づいたらしく、しまったという表情が顔に浮かんだ。

「梓、どうしてここに……いいえ、違うのよ。わたし、今偶然ここに来て、それで謎の文を見つけて」

ごまかそうと、さも今見つけたように文の埃《ほこり》を払う。綾芽は眉を寄せた。

「わたしは全部見ていたんだ。言い逃れはできないよ。おとなしく――」

鈴は最後まで言わせずに、意を決したように綾芽に飛びかかる。綾芽がとっさに身構えたときだった。

「――やめよ。お前は決して逃げられぬ」

冷ややかな声が響いて、鈴は凍りついたように動きをとめた。

視線の先には黒い影がある。月を背に、鈴を鋭く見つめる二藍の姿だった。

その双眸《そうぼう》に見つめられた鈴は、ふらりとよろけて、崩れるように座りこんだ。


すぐさま鈴は、駆けつけた舎人《とねり》に捕らえられることとなった。

舎人にあとを任せて、二藍は早々に牛車に乗りこんだ。鈴が隠し持っていた文に目を落とし、しばらく黙って揺られていたが、やがてやれやれと口をひらく。

「あの娘は、確かに斎庭の様子を誰ぞに漏らしていたようだな。見ろ、ここにはっきり、いもしないわたしの愛妾の居場所が書いてある。お前に聞いた話だな」

ほら、と二藍は文をさしだす。同乗していた綾芽は、がっくりとして息を吐いた。

「ほんとだ。誰にも言うなって頼んだのに」

その日のうちに約束を破られるとは。

「落ちこんでいるのか？」

「いや、わたしも鈴を引っかけたんだから、お互い様だよ」

綾芽は小さく肩をすくめた。むしろ綾芽は、鈴を嵌《は》めるためになにもかも偽っていたのだから、鈴が知ったら怒るに違いない。

当然ながら、綾芽が二藍の勘気を被ったというのは大嘘だ。今の綾芽の本当の身分は、二藍の唯一《ゆいいつ》の妃。綾芽は、石黄に心術で操られているらしき鈴を見張るために膳司に入りこんでいたのだ。そして『二藍の愛妾』というおいしい餌を撒《ま》き、獲物がどのように食いついてくるのかを見ていたのである。

「まったくお前も、うまく騙《だま》しおおせたものだ」

二藍はおかしそうに、閉じた扇《おうぎ》の先を額に当てた。

「やだな、そんな言い方しないでくれ。まるでわたしが悪女みたいじゃないか」

「褒《ほ》めているのだ。おかげで娘を捕らえられた。よくやった。さぞ大変だっただろう」

その声にはいたわりが感じられて、綾芽は少々照れた。

「ありがとう。だけどそれほどでもないよ。膳司の務めはちょっと大変だったけど――」

しかしそこではたと思い返して、綾芽は顔をしかめた。いや、自分のことはいいのだ。

もっと大事な話があるではないか。

「それより二藍」

「なんだ」

「あなたはさっき、また心術を使ったな」

「なんの話だ？」

二藍は涼しげな顔で、知らぬ存ぜぬを決めこんでいる。

「平気なふりをしたってだめだよ。鈴に心術を使っただろう」

ごまかしたってわかる。二藍の声には疲れが滲《にじ》んでいる。心術を用いて鈴の心を変えたからだ。鈴は今にも綾芽を突き飛ばしそうだったから、二藍はその心を挫《くじ》いたのだ。

心術は、一部の神ゆらぎだけが用いることができる、心を操る術である。目を合わせて命じられれば、大抵の者は逆らえない。神ゆらぎの中でも特別に神気が濃い二藍は、石黄など比べものにならないほど心術に長《た》けていた。

「当然だ。あの娘はお前を害そうとしていた。そこで心術を使わずいつ使う」

「あんなの、ちゃんと止められたよ」

「どうだか」

牛車の揺れに身を任せ、二藍はあっさりと言う。綾芽は口を尖《とが》らせた。

「もちろん、助けてくれたのは感謝してる。だけどわたしは心配なんだ」

二藍はたびたび心術を使って、人の心を変えてきた。さっきのような危機を切り抜けたり、謀反人に真実を語らせたり、当人に気づかせずに操ったり。斎庭を治めるのに必要な力だと言って、行使を厭《いと》わない。

でも綾芽は、二藍が、この力や神と人の間をさまよう己《おのれ》を心底疎《うと》んじているのを知っている。

そもそも二藍は、人である部分を削って心術を使っていた。だから用いたあと、かならず具合を悪くする。それどころかこの力は、加減を誤れば神ゆらぎを神そのものに変えてしまう諸刃《もろは》の剣だ。逆賊として二藍に討たれた伯父が、なってしまったように。

「お前を案じてのことだったのだ」

納得できない綾芽の気持ちはわかっているのだろう、二藍はなだめるように声音を和《やわ》らげた。

「ありがたいけど、それはこっちの台詞《せりふ》だよ。わたしはあなたが心配だ。あなたがもし……もし、人になる方法がわかるよりも前に、心術を使いすぎたら」

「大丈夫だ」

と二藍は笑って遮《さえぎ》った。「わたしにはもう、死ぬ気などさらさらない。心術は気をつけて使うし、お前に迷惑をかけないようにもする」

そうじゃないんだ、と綾芽は思った。でもうまく言葉にできなくて、むくれるように黙りこんだ。


牛車は尾長宮《びちょうぐう》の門をくぐった。朱に塗られた門塀《もんぺい》が、月光に柔らかに映《は》えている。

春宮の御所であるこの宮殿に、今の二藍は暮らしていた。綾芽もそのうち戻るだろう。表向きは二藍の使う女嬬として。

実際はほとんどの者が知らない、二藍の正式な、ただひとりの妃として。

(妃、か)

綾芽は今でも信じられないときがある。斎庭《ゆにわ》に来たときは、親友の汚名を雪《すす》げさえすれば、命尽きてもいいと思っていたのに。

もともと綾芽は、兜坂の最北、朱野《あけの》の邦《くに》の生まれだった。両親は生まれてすぐに死んだから、綾芽を育てたのは朱野の郡領夫妻である。かつての女王・朱之宮《あけのみや》の陵《みささぎ》を囲む森で産み落とされた子。そんな綾芽を、郡領は引き取らないわけにはいかなかった。陵の森で生まれた娘は、朱之宮がかつて手にしていた希有《けう》な力を継ぐだろう——そういう言い伝えがあったからだ。

もちろん、言い伝えなど誰も本気にしていなかった。だから郡領の娘とは名ばかりで、綾芽はいつもぼろを着て、弓矢を背負って陵の森をふらついていた。誰にも必要とされず、そんな自分が悔しくて、どうにか人生を変えたくて、それでいて心のどこかで、自分には無理だと諦《あきら》めていた。

でもあるとき、綾芽を救ってくれる存在が現れた。同じく朱野の邦の、近隣の郡領の娘だった那緒《なお》である。

明るくて自信家で、なによりまっすぐだった那緒は、綾芽を認めてくれた唯一の人物だった。過ごした時間はわずかだったが、綾芽は那緒と、斎庭での活躍という同じ夢を見て、将来を語りあった。紛《まぎ》れもなく親友だった。

だから那緒が斎庭にゆくと決まったとき、ふたりで固く約束したのだ。いつか必ず、斎庭で再会しよう、と。

でもそれは叶《かな》わなかった。里に残った綾芽がある日聞いたのは、那緒が、嫉妬《しっと》のあまりに当時の春宮《はるのみや》の寵妃《ちょうひ》を殺して自らも死んだという、耳を疑うような噂だった。

当然綾芽は信じなかった。那緒が嫉妬で人を殺すわけがないと、誰よりよく知っている。それに約束したではないか。斎庭で綾芽を待っているはずじゃなかったのか。

まるで納得できない。だから綾芽は自分で真実を探そうと心に決めた。那緒の死には必ず裏があるはずだ。那緒を死に追いやった者を見つけ、暴いて、親友の潔白を明かす。誰もやらないなら、わたしがやる。

綾芽が斎庭に入ったのはそのためだ。親友の汚名を雪ぐことだけが、綾芽の生きるすべてだった。

そうしてやってきた斎庭で出会ったのが、斎庭の高官を務めていた二藍だった。二藍は、処罰すれすれの手を使って綾芽をそばにおいた。気に入ったからではない。ただ国を救うために、利用しようとしていたのだ。

孤独な神ゆらぎである二藍は、国さえ救えればよかった。他人も自分も使い捨てるのに躊躇《ちゅうちょ》はなかったから、当然綾芽のことだって、最後は使い捨てようと決めていたという。

結局のところ、綾芽と二藍は似たもの同士だったのだろう。自分のことなんてどうでもいいと思っていたのだ。綾芽は那緒のため、二藍は国のため、命すら簡単に投げだすつもりでいた。

でも——いやだからこそなのか、綾芽も二藍も、互いと出会ったことで変わってしまった。生きて幸せになりたいと欲《ほっ》するようになった。このひとを死なせたくないと、強く願ってしまった。

結局それが——そして那緒の献身が、国を救ったのだ。

どうにか自分も二藍も生かそうと足掻《あが》いていた綾芽の前に現れたのは、驚くことに、死んだ那緒の御霊《みたま》だった。

普通ならばありえないはずだ。なぜなら、死者の御霊はすべてを忘れて煙と消える。それが死者の定めで、死者にとっての幸せだ。御霊が正気を保ったままで残っているわけがない。

でも那緒は定めに逆らって、綾芽をずっと待っていたのだという。すべては綾芽や二藍に、真実を伝えるために。

そして那緒は綾芽たちに、二藍の伯父である石黄が陰謀を企てたのだと教えてくれた。

那緒のおかげで、ようやく斎庭を取り巻いていた疑心暗鬼は消え去り、綾芽と二藍は、陰謀を成就《じょうじゅ》させせんと暗躍していた石黄を打ち破った。

さらに綾芽は、隣国からやってきた恐ろしき理《ことわり》の神・玉盤神《ぎょくばんしん》が下そうとしていた、国を揺るがす神命《しんめい》を、かつての朱之宮と同じ力によって退けたのだった。

(あれからもう、半年が経つんだな)

物見からさしこむ月光を見やりつつ、綾芽は静かに回想した。

綾芽の持つ、神命を退ける力は、兜坂にとって切り札だ。だからごく一部の者しか事の真相を知らない。そんな影のような自分のあり方に不満はなかった。むしろ過ぎるくらいに恵まれていると思う。

ただ、この世から跡形もなく消え去った友のことだけは、ずっと心に尾をひいていた。

那緒はもう、どこにもいない。綾芽たちにすべてを託し、煙となって消えてしまった。

それでよかったと思ってはいる。いつまでも生前の記憶を忘れられず、この世に留《とど》まってしまった御霊ほど哀《あわ》れなものはない。

それでも綾芽は、時おりむしょうに寂《さび》しくなる。今こうやって斎庭に暮らせるのも、二藍と出会えたのも、那緒が導いてくれたからこそだった。

「綾芽、着いたようだ」

ふいに二藍に呼ばれて、綾芽は物思いから引き戻された。いつの間にか牛車はとまっていた。

これから尾長宮の西の庭で、鈴の尋問《じんもん》が執《と》り行われることになっている。

二藍が先に牛車をおりたあと、綾芽もこっそりと牛車を抜けだし、人目を忍ぶように縁の陰を縫って西の庭に向かった。今のところは膳 司《かしわでのつかさ》の女嬬だから、一緒に乗っているところを事情を知らない女官に見られたらまずいし、二藍と並んで歩くこともありえない。

綾芽がついたときには、すでに鈴は白砂の上に座らされていた。傍《かたわ》らでは二藍が、品定めをするように、冷ややかに鈴を見やっている。

鈴は呆然《ぼうぜん》としていて反応は薄い。二藍にかけられた心術のせいだろう。

二藍は人払いすると、簀子縁《すのこえん》の下に隠れていた綾芽を呼び寄せた。

「この娘、普段はどんな様子だった？」

衣についた砂を払いながら、「そうだな」と綾芽は口元に手をあてる。

「よく上役の筒井さまに怒られていたよ。でもあんまりこたえていないみたいだった」

「なるほど。そういう質《たち》だから、石黄はこの者を操ることにしたのだな」

と二藍は、納得したような息を吐いた。

「心術とは、心の弱さにつけこむ術だ。逃げたいとか、自分で考えて判断したくないとか思いがちな者ほどあっさり落ちる」

「どうする？　さっきあなたがかけた心術と、石黄がかけたもの。どちらも解くか？」

綾芽が見あげると、二藍はしばし考えてからうなずいた。

「そうしよう。よろしく頼む」

綾芽は大きく息を吸い、鈴の前に膝をついた。肩をあげては落とし、心の準備をしてから、鈴の両手を握りしめる。目をつむって鈴の心のうちを探った。確かに鈴の心には心術がかかっているようだ。ひとつは二藍、もうひとつは石黄のかけたもの。

えい、と目に見えない壁を押しこむように、綾芽はどちらも打ち壊した。

綾芽には、心術も、神命さえも効かない。それどころか、こうやって他人にかかった心術を打ち破ることさえできる。そういう力を、古い文献では物中《ものもうし》の力と呼ぶらしい。

「どうだ、うまくいったか」

綾芽が息を吐いて身を起こすと、離れて見ていた二藍が寄ってきた。

「なんとか」

鈴は急に目が覚めたように、ぱちぱちと瞬《まばた》きして周りを見やっている。確かに心術は解けたらしい。

二藍は「よくやった」と笑みを浮かべ、綾芽に殿舎へ入るように促《うなが》した。

「疲れただろう。中で休んでいけ。人払いはしてある」

「……そうしたいのはやまやまだけど」

綾芽は困って言った。

「でも、今のわたしは膳司の女孺だよ。もう女官町に帰らなきゃいけないんだ」

「すこしくらい遅くなっても構わないだろう。わたしも話がしたい。久方ぶりなのだ」

二藍は堂々と駄々をこねると、綾芽の返事を待たずに続けた。

「まずお前は湯浴《ゆあ》みするのがよかろう。終わったら、南の対《たい》で待っていろ」

「……じゃあそうする」

綾芽はそそくさと袖で頬を拭《ぬぐ》った。湯浴みと言われて、今さら自分が煤だらけなのを思い出してしまった。恥ずかしい。

「わたしが身支度する間、あなたはどうする。着替えるのか?」

「いや、この者にいくつか質問をしておこう」

(質問?)

綾芽は顔を拭う手をとめた。

「まさか心術をかけて、いろいろ吐かせるつもりか?」

「そう怒るな。すぐ終わらせる」

うんと怖い顔をして尋《たず》ねたつもりだったが、二藍は笑っただけだった。

綾芽は少々むくれて、北の殿舎にある湯殿《ゆどの》へ向かった。

——怒るにきまってる。

確かに心術を使えば、拷問《ごうもん》で吐かせるより確実だし、相手も傷つけない。それは綾芽もわかっている。

鞭《むち》打った罪人が真実を語るとは限らない。むしろ痛みから逃れようと嘘をつくかもしれない。その点、心術で口をひらくように命じれば、相手はかならず真実を話す。裏を取る必要もない。

（でもあなたには、いっぱい負担がかかるじゃないか）

もやもやとしてしまう。綾芽は二藍に、無理をしてほしくないのだ。できれば心術なんていっさい使ってほしくない。それが神祇官として、春宮として国を守る責めがある二藍には、難しいことだとしても。

身を清めおわって、女嬬の官服《かんぷく》を身につけると、人目につかないように、東の対の自分の室へ向かった。二藍は綾芽のために、殿舎の中から人目につきにくい室を選んで、立派な調度を揃えてくれている。

黒々とした漆《うるし》に、螺鈿《らでん》がちりばめられた一式。錦《にしき》の几帳《きちょう》。長櫃《ながびつ》や衣桁《いこう》には、色とりどりの装束《しょうぞく》が溢れている。すべて妃としての綾芽への贈り物だ。身に余るものばかりで、見るたびに胸が締めつけられる。二藍に大事にしてもらっている喜びと、これは所詮《しょせん》、ただひとときの立場なのだという苦しみが同時にやってくる。

そう、綾芽は確かに二藍の妃だ。だがそれは形だけ、さらにはいつかは終わる関係だった。

形だけでも構わない。綾芽は、たとえ一生ふたりの間にあるのは友情だけ――真実はともかく建前はそれだけ――でも、我慢できると思っている。それだけ二藍を深く敬愛している。

けれど、いつか二藍と離れねばならないと決まっているのは、耐えられなかった。

綾芽は、物申の力を継ぐかもしれない子をつくらねばならないのだという。神命に抗《あらが》う力を、兜坂は逃すわけにはいかないのだ。でも二藍は神ゆらぎだから、子をなせないどころか、契《ちぎ》った者を殺してしまう。

つまり今のままでは、どんなに想いあっていても、心から望んでいたとしても、決して添い遂《と》げられない。二藍が神ゆらぎである以上、国のために子をつくらねばならない綾芽は、いつか二藍をひとりおいて他の男のもとに嫁《とつ》がねばならない。国のため、民《たみ》のために。

そんなのは絶対に嫌だった。

神ゆらぎは孤独だ。人でもなく神でもない。他人からは勝手に心を変えられるのではと疑われる。二藍はずっと苦しんできた。

孤独の苦しみは、綾芽だって知っている。身を引き裂かれ続けてきたのだ。

そんなところへ二藍をおきざりにするなんて、とてもできない。ずっと一緒にいたい。喜びも苦しみも分かちあいたい。一生、死ぬまで。

そう心から願っているからこそ、綾芽は二藍に約束した。あなたが人になれる方法を探す。神と人、どちらでもない孤独から救ってみせる。

二藍が長く望み、果たされずにいる夢は、いまや綾芽の夢でもあった。

——なのに。

手がとまりそうになって、綾芽は急いで頭を振る。巻子《かんす》をとって室をでた。

南の対はすでに人払いされている。母屋《もや》に座って、二藍を待ちつつ巻子を広げた。この巻子には、神ゆらぎのことが書いてあるという。妃宮の御所である桃危宮《とうきぐう》秘蔵のものだ。綾芽は二藍を人にしたい一心で、頼みこんでこの巻子を借りていた。

それなりに読み進めたころ、ようやく御簾《みす》をあげて二藍が入ってきた。

「悪い、待たせたようだな」

さきほどまで暗くてよく見えていなかったが、濃紫に染められた袍を着ている。濃紫は兜坂の春宮の色である。今さらながらはっとして、綾芽は居ずまいを正した。

「そうだった。立太子の儀は今日だったんだな。このたびは立坊《りつぼう》、まことにおめでとうございます」

二藍は、「やめろ」と顔をしかめた。

「たいしてめでたくもない儀式だった。外庭《とつにわ》の者は、虫を見るような目でわたしを見ていたぞ。左大臣はわたしの隣に二の宮の座まで用意した。二の宮本人がいないにも拘《かかわ》らずだ。みな、二の宮が一刻も早く成人なされるようにと祈っていたに違いない」

「そんなわけ——」

ない、と言いかけたが、かえって二藍の気分を害する気がして綾芽は言いやめた。

二藍が春宮の座についているのは、大君の嫡子《ちゃくし》である二の宮が長じ、ひとりで斎庭の祭礼をこなせるようになるまでのことに過ぎない。斎庭に不穏な影が渦巻く情勢を鑑《かんが》みて、大君は二藍に、春宮の補佐ではなく、春宮そのものとして立つよう求めたのだ。

二藍も、そんな大君の危惧《きぐ》を理解したからそれに応じた。でも内心では気が進まないだろう。

外庭《とつにわ》は神ゆらぎを恐れている。外庭にゆくとき、二藍は目隠しをされる。いつ心術を使われるかわからないからだそうだ。ひどい話だと常々綾芽は怒っていたが、その慣例は今も変わっていなかった。

「まあ、そんなことはどうでもいい」

と二藍は切り替えるように笑みを広げた。敷物の上に座ると、綾芽の手元の書物をひょいと覗きこむ。

「読書をしていたのだな。何を読んでいた？　物語か、それとも――」

綾芽は肩をすくめた。

「神ゆらぎについての書物だ。『神人三条《しんじんさんじょう》』だよ」

「そうか。わたしのためだな。ありがたい。なにかよいことでも書いてあったか？」

二藍は飄々《ひょうひょう》としている。煙《けむ》に巻かれないよう、綾芽は顔をしかめて二藍を見あげた。

「よくないことはわかったよ」

「例えば？」

「例えば、心術をすでにかけられている者に、さらに重ねて心術をかけようとするのはすごく危険だ。そもそもかかりづらいし、無理をすれば一気に身が神に傾く」

「ほう、それは知らなんだ」

「嘘つけ。とっくに知ってたはずだ。なのにあなたはさっき、鈴を心術でとめたな。鈴には石黄の術がかかっているって知ってたのに」

「なんだ、説教か？」

「そうだよ。わたしが苦言を呈《てい》さないと、あなたはとめどなく心術を使う。だから――」

二藍がどことなく嬉しそうな顔をしているのに気づいて、綾芽は呆れた。

「……わたしは真面目に怒っているんだよ？　文句を言われるのが好きなのか？」

「お前の文句に限ってはそうだな。心配されるのは嬉しい」

何を言ってるんだと綾芽は肩をすくめた。嬉しいのなら、すこしは綾芽の願いを聞きいれてくれたっていいのに。

二藍は笑って搗栗《かちぐり》をのせた器《うつわ》をさしだした。

「気をつけているから案ずるな。人と神の間はそれなりに離れている。その間を行ったり来たりするのが神ゆらぎだ。心術を使えばいっとき身は神の方へ振れるが、そう簡単に振り切れることはない。わたしは荒れ神になるつもりは毛頭ない」

「だといいけど」

「それに、心術を使って初めて知れることもある」

二藍は搗栗をつまんで口に入れた。二藍はこの甘く干した栗が好きで、小腹がすくといつも持ちだしてくる。

「……わかってる。鈴に心術を使って、いろいろ吐かせたんだろう？」

綾芽も息を吐いて栗を手に取った。こういうときの二藍には、何を言ってものらりくらりとかわされる。

「それで、なにがわかったんだ？」

「どうやら鈴は心術で命じられ、石黄と、誰ぞの間で密《ひそ》かにやりとりされる文の運び人を担《にな》わされていたようだ。石黄亡き今も心術は解けず、その誰ぞのために、変わらず斎庭の噂や知らせを流していたらしい。そしてその誰ぞだが、外庭で、石黄と共謀していた者のようだ」

「石黄と共謀、か」

綾芽は腕を組んで考えこんだ。

石黄は、さきの春宮を心術で操って、兜坂が自ら神を迎え、祭祀をする権限を手放そうとしていた。

自分たちで祭祀を行えなくなれば、海を隔《へだ》てた大国である玉央国《ぎょくおうこく》に肩代わりしてもらうしかなくなる。そんな状況になれば、兜坂はもう玉央の属国になってしまったようなものだ。兜坂を自らの勢力下に入れようと画策している玉央の思うつぼである。

石黄はなぜそんな陰謀を仕組んだのだろう。はっきりしたところはわかっていない。だが大君や鮎名をはじめとした斎庭の高官は、石黄は裏で玉央と繋がっていたのだろうと考えている。だから国を支える両輪のひとつである祭祀を手放して、玉央に与えようなどという暴挙に出たのだ。

「玉央と組んでいた石黄と共謀していたのなら、やっぱりその者も同じく、玉央に与《くみ》する者だろうな」

「おそらくそうだろう」

「鈴はその者の名も吐いたのか？」

「いや、それは残念ながら。鈴は文を運んでいただけで、相手の正体は知らぬようだ」

「そうか……」

「だがいくつか手がかりは得られたから、そのうちわかるだろう。それに実は、それとなく目をつけている貴族がいるのだ」

え、と綾芽は顔をあげた。初耳だ。

「おかしな動きをしている者がいるのか？　あなたを悪く言っているとか」

「……わたしを悪く言う？」

二藍は笑い声をあげて、脇息にもたれかかった。「そんなもので絞りこめたら苦労はないな」

あまりにおかしそうなので、綾芽はとまどった。

「なんでそんなに笑うんだ。絞りこむのは無理なのか？」

「無理に決まっている。なぜならわたしを悪く言う者など、外庭には星の数ほどいるからな。今このときも多くの者が、狡猾《こうかつ》な神ゆらぎの噂に花を咲かせているだろう」

「星の数……」

綾芽はあまりのことに声を失って、憤慨《ふんがい》した。

「そんな不届き者、許せるものか。わたしが大君に申しあげてやる。あなたがどれだけ国に尽くしているか、誰も知らないくせに」

「よせ、大君を困らせるな。あの御方は充分すぎるほどわたしを案じてくださっている」

二藍はまだ笑っている。

「でも」

「よいのだ」

二藍はようやく笑いやむと、穏やかに目を伏せた。

「お前がそう言ってくれるなら、他の者にどう思われようと構わない。わたしは幸せだ。もう充分だ」

——充分？

綾芽は眉を寄せた。二藍の言葉は、心からのものに聞こえる。だからこそ胸に、ひやりとさざ波が立つ。

「……いつかはもっと幸せになる。そうだろう？」

そうだと答えてほしかった。この幸福の先には、もっと大きな幸せが待っている。こんなところで満足してほしくない。二藍だってそのつもりのはずだ。

「そうだな」

と二藍は軽く答えた。立ちあがって綾芽を促す。

「さあ、そろそろお前は女官町に戻れ。明日も朝が早いのだろう」

うまくかわされた気がしたが、綾芽はなにも言えなかった。

ひっそりと尾長宮を出ていく綾芽を見送って、二藍はひとり、南の対に踵《きびす》を返した。

夜風が渡殿《わたどの》を抜けていく。頬が自然と緩む。

綾芽の柔らかな笑みが、まだ瞼《まぶた》の裏に残っている。あの笑みを前にすれば、心がたちまち満たされた。綺麗事ばかりでない、身のうちのどろどろとした部分までもが。

信じられないほど幸福だった。

ずっと傷を負って生きてきた。ほしいと願い続けて果たされなかった。

綾芽が友となってくれたときですらそうだ。ずっと友がほしかったのに、それを手に入れた途端、もうこれ以上は決して望めないのだと眼前につきつけられた気がして、心はひどく締めつけられた。

だからこそ我慢できずに、叶うわけもない綾芽への思いを告げてしまったのだ。伝えてどうにかなるつもりはなかったが、それでも心の傷を流れ落ちる鮮血が、伝えないではいられないと叫んでいた。

けれど綾芽は、そんな二藍の思惑《おもわく》など易々《やすやす》と飛び越えた。

『あなたを人にする方法を探す』と、約束してくれた。

聞いたとき、二藍は心から驚いた。

そんなことを言ってくれる者がいるとは、考えてもみなかった。二藍が人として生きていくことを、誰かが――一番望んでほしい人が、望んでくれる。本当だろうか。信じられない。夢を見ているのではないかとすら思った。

でも綾芽の瞳はまっすぐで、声は揺るがなかった。

ああこれは本当のことなのだ、ようやくそう思えたら、震えるほどの喜びが湧きあがった。生まれて初めて、報《むく》われたと感じた。

できることならば、このまま刻《とき》をとめてしまいたかった。この幸せ以外の何もかも、感じたくはない。苦しみや悲しみに耐えるのなんて、もううんざりだ。

もちろんそんなことは無理だから、せめてこの満たされた心を壊さないよう、大事に抱えて生きていこう。一生、死ぬまで。

あのとき抱いたその感情は、今も変わらず二藍の中にある。

渡殿の半ばで、ふと足をとめた。いつのまにか美しく着飾った女が南の庭を眺めている。二藍に気づき、やれやれと頭を振った。

「ずいぶんと見せつけてくれたな」

妃宮《きさきみや》・鮎名だった。大君の一の妃であるこの斎庭の主《あるじ》は、艶《あで》やかな顔かたちや地位に似合わぬ気安い仕草をする。

「おや、盗み聞きでもなさっていたのですか？　大層けっこうなご趣味をお持ちだ」

二藍は扇を開き、自分の目を隠した。高官とは直接目を合わせない。それが人に交じって生きる神ゆらぎの、最低限の礼儀である。

「人聞きの悪い。お前が、わたしが女官の尋問に訪れていると綾芽に言わぬから、仕方なく隠れていたんだ。わたしがいるのを綾芽に黙っていた、お前の方が趣味が悪い」

「出てきてくださってもよかったのですよ」

「さすがにそこまで野暮《やぼ》ではない。ありがたく思え」

「それはそれは」

二藍が笑みを浮かべると、「その人を食ったような口ぶりはどうにかならないのか」と鮎名は呆れたように息を吐いた。

しかしすぐに、声を鋭く尖《とが》らせる。

「お前は意気地なしだな」

二藍は一瞬、何を言われているのかわからなかった。

「……急にどうされました。どういう意味で仰っているのか」

「わかっているくせに。本当はあの娘が欲しくてたまらないのに、そんなの叶いっこないと背を向けて、今のままで満足だと思いこもうとしているではないか。とんだ意気地なしだ。あんなにお前を思っているあの娘に、報いようとは思わないのか?」

今度は何を言っていいのかわからない。二藍は口ごもったが、やがて低く返した。

「報えるものなら報いています。足掻けば人になれる方法があるのなら、足掻くに決まっているでしょう。でもそんな方法はないのです。わたしは知っている」

「それはどうだかわからんがな。そもそもお前は、最初から足掻くつもりなんてないんだ。だからちっぽけな幸せに閉じこもって、綾芽につれない態度をとっている」

「わたしがつれない?」

二藍は眉をひそめた。「どこがです。わたしはあの娘をなにより大事にしている」

「わかっているだろうに。あの娘はお前に心術を使ってほしくないのだ」

「そうはいっても、使わないわけにはいかないでしょう。国を、斎庭を、ひいてはあの娘を守るためにこそ心術はある」

「なるほど。そうやって綾芽の思いものらりくらりとかわしているのだな。よくわかった。いつまでみっともなく逃げているつもりだ。欲しいなら欲しいと、綾芽の前で素直に叫んで泣いてみろ」

「驚いた。わたしがそのような真似をするとお思いか?」

「みっともない自分は見せられないのか? 大事な女に弱さをさらけだすのが、そんなにも難しいことなのか？」

二藍は目をひらき、それから黙りこくった。

——こんな質問に答えるくらいなら、死んだ方がましだ。

沈黙のなか、鮎名は夜闇の彼方《かなた》に目を向けて、小さく息を吐く。

「……お前は一度、綾芽とゆっくりと過ごした方がいいな。そうすれば、もしかしたら、変われるかもしれない」

「わたしが変わる必要はありませんよ」

「それでも無理なら——」

鮎名は、二藍の返答など聞こえなかったかのように、静かに続けた。

「それでもお前が変われなかったのなら、所詮、お前と綾芽はそれまでだったのだ。いつか綾芽は、お前を忘れて幸せになるだろうよ」

「……随分と冷たいことを仰る。さてはわたしを傷つけにいらっしゃったのか」

「そう思うのか？」

鮎名は、怒りを滲ませる二藍をじっと見やった。その瞳に、哀れみのようなものが走る。

だがそれも一瞬のことだった。鮎名は鮮やかに重ねられた衣をひいて、「さて」といつもどおりの口調で身を翻《ひるがえ》した。

「話は終わりだ。捕らえた女の尋問を始めようか。お前がまいた毒餌《どくえ》に、鼠《ねずみ》がひっかかったらしいからな」

「……鼠？」

「綾芽の話を盗み聞きしていた者がいたのだ。お前の愛妾とやらが本当にいるのか確かめようと、屋敷に忍びこんだ。それを我が舎人《とねり》が捕らえてきたというわけだ」

ほう、と二藍は目を細めた。

第二章

玉盤《ぎょくばん》の神は斎庭《ゆにわ》に嵐呼ぶ

翌日の夕方、綾芽《あやめ》がいつもどおり盥《たらい》に冷たい水を汲《く》もうとしていたら、同僚の女官が慌《あわ》てて駆け寄ってきた。

「梓《あずさ》。尾長宮《びちょうぐう》から使者がお越しよ。大切な話があるのですって」

「尾長宮の？」

振り返ると、炎樹《えんじゅ》の木の下に野次馬の人だかりができていて、その中央に、背が高く華やかな顔立ちの女が立っている。

二藍《ふたあい》が重用する、尾長宮付きの女官である佐智《さち》だった。花将《かしょう》を務めたこともある優秀な女官で、威厳ある高位の装束《しょうぞく》がよく似合う。綾芽は盥を置いて走りよった。

かしこまった綾芽の前に進みでて、佐智は厳粛に言い渡した。

「梓よ。春宮《はるのみや》二藍さまの命《めい》です。本日より再び、尾長宮で女孺《にょじゅ》としてお仕《つか》えするように」

「謹《つつし》んでお受けいたします」と綾芽が頭をさげると、佐智も釵子《かんざし》を揺らしてうなずく。その表情はいっさい変わらない。

でも野次馬が散ったと見るや、すっかり砕けた様子で綾芽に語りかけた。

「ああ疲れた。もういいよなこういうの、肩が凝《こ》るし」

こちらが、この優秀な女官の素《す》の表情だった。

この佐智は、貴族として生まれながら庶民《しよみん》の間で育ち、二藍のことさえ『あんた』呼ばわりする、姉御肌《あねごはだ》の女である。もっともそれは、庶民と貴族の二つの顔を賢く使いわけられる佐智を気に入った二藍が、あえてやらせていることだったが。

「迎えに来てくれたんだな、ありがとう」

綾芽も笑顔を返す。佐智は綾芽の秘密を知っている数少ないひとりでもある。綾芽にとって、姉のような友のような親しい存在だった。

「そりゃあ来るさ。二藍さま、早く綾芽のところに行けってばかりに朝から睨《にら》んでくるんだから。まったく、こっちはいろんなところに話を通さなきゃならないっていうのに」

佐智はうんざりしたように舌をだしてみせてから、綾芽の背を軽く叩《たた》いた。

「すぐに荷物をまとめな。それで一緒に戻ろう。あの人、そわそわして待ってるからさ」

あの人とはもちろん、二藍のことである。

「さすがにそわそわはされないだろう、あの方は」

と綾芽が苦笑すると、佐智は声をあげて笑った。

「そりゃあんたの前じゃ、無駄に格好つけてるからな。よく見られたいんだよ」

そうなのだろうか。綾芽はそわそわしている二藍を想像しようとしたが、できなかった。

さっそく荷物をまとめて、佐智と一緒に尾長宮に戻った。

門を入ろうとしたとき、ちょうど尾長宮から出てきた須佐《すさ》と行きあった。須佐は綾芽を見るなり、あら、と目をひらく。

「梓、もう尾長宮に戻ることになったの？」

「うん、ついさっき命じられたんだ」

「ええ、梓ばっかりずるい」

そう言って須佐は口を尖《とが》らせた。「わたしだって、こうやって陰ながらじゃなくて、堂々と尾長宮で二藍さまにお仕えしたいのに」

自分だけ膳司《かしわでのつかさ》に取り残されるのが不満らしい。

実は須佐も、鈴《すず》を捕らえるために協力していた、綾芽の仲間だった。

二藍は斎庭《ゆにわ》に数人、自《みずか》らの命で間者《かんじゃ》の任をこなす女官を抱えている。膳司の女嬬である須佐もそのひとりだ。綾芽は斎庭に入ったその日からこの娘と知り合いだったが、二藍とは関係ないとばかり思っていたから、聞いた当初はひどく驚いたものだ。

「まあまあ、あんたがいつも膳司で真面目《まじめ》に頑張っているから、梓もうまく入りこめたんだよ。二藍さまだって褒《ほ》めてくださったんじゃないの？　その袋、褒美《ほうび》だろ？」

なだめるように言った佐智は、須佐が大事そうに抱えている錦《にしき》の小袋を指差した。

たちまち須佐は、「そうなんです」と頰《ほお》をほころばせる。と思えば、綾芽に向かって小袋を得意げに見せびらかした。

「ほら、見なさい梓。わたし、もう褒美をいただいたのよ。外《と》つ国渡りの菓子をこんなに。さすがは二藍さまねえ。今日も本当に麗《うるわ》しくあられたわ」

須佐は二藍の姿を思い出したのか、うっとりとしている。

「そりゃよかった」

つい綾芽は笑ってしまった。須佐は、二藍に憧《あこが》れを抱いているのだ。恋ではなく、花を愛《め》でるようなものだと公言しているが。

「そんなに麗しいもんかねえ」

と佐智は納得いかなそうだ。「だいたいあの人って、言うほど素晴らしいかね？　人使いが荒いし、ずるい男だろうに。あたしには全然わからんね」

「あら、佐智さまはわかっていらっしゃいませんね。中身はどうでもいいんです」

「いいのかい」

大笑いする佐智をものとせず、須佐は小さな指を立てて滔々《とうとう》と説いた。

「だって上つ御方のお心なんて、そもそもわたしたちが理解できるものではないですもの。わたしはただ、二藍さまの見目麗しさをお慕《した》いし申しあげているんです。神ゆらぎなのが玉に瑕《きず》ですけど、でもあんな美しい御方、そうそういらっしゃらないでしょう。ねえ梓」

「いや……うん」

綾芽が困っていると、すべての事情を知っている佐智は「おや、梓の歯切れが悪いな」とにやついた。逆に、綾芽が本当は二藍の妃《きさき》だと知らない須佐は、信じられないと言わんばかりの目を向ける。

「え、あんたもあの方の魅力がわからないわけ？　あんなに美男でいらっしゃるのに？」

「わかるよ。確かに美男であらせられる」

仕方なく綾芽はもじもじと返した。

「でしょう？　あとは隣に、美女がいらっしゃれば完璧《かんぺき》なんだけどねえ」

「美女？」

思わず訊《き》き返す。須佐は鼻息荒くうなずいた。

「そう、美女。美男の隣には美女って決まってるじゃない、大君《おおきみ》と妃宮《きさきみや》みたいに。二藍さまに足りないのは美女よ。ああ、どこかに素敵な似合いの美女がおられないかしら。二藍さまのお隣で、お心を支えてさしあげられるような御方が」

綾芽は一瞬、なんと返していいかわからなくなった。似合いの美女。少なくとも綾芽は美女ではない。

「梓、その見目麗しき御方がお待ちだよ。早く挨拶《あいさつ》してきな」

やんわりと佐智が助け船をだしてくれた。ありがたく綾芽は頭をさげて、そそくさとその場を離れた。

須佐にまったく悪気がないのは知っている。でも胸に刺さって仕方ない。

わからない。美女でないと支えられないのか、それとも美女でなくてもよいのか。

(心を支える、か……)

——そもそも二藍は、綾芽に寄りかかろうとしてくれているのか。

深く考えるのは得策ではなさそうだ。頭を切り替えて、尾長宮の南庭《なんてい》に参じた。見あげれば、政務に励む二藍の横顔が垣間《かいま》見える。少々緊張して前にでた。

すぐに二藍は綾芽に気づいた。一瞬その顔が強《こわ》ばった気がして、綾芽の脳裏に須佐の言葉や、燻《くすぶ》っているなにかが次々とよぎる。

でも二藍は筆を置き、笑みを浮かべてこちらに向き直った。

「待っていたぞ」

その瞳には確かに喜びが滲《にじ》んでいる。それを見て、ようやく綾芽は安堵《あんど》の息を吐いた。

「あれから新しくわかったことがある」

人払いされた母屋《もや》に綾芽が座ると、二藍はゆったりと脇息にもたれかかった。昨日何度も心術を使ったから心配していたが、顔色はよく、綾芽はほっとした。二藍はやせ我慢をするから、いつもやきもきしてしまう。

「新しいこと？　なんだろう」

「どうも太妃《たいひ》が動こうとされているようだ」

「太妃？」

そう、と二藍は含みのある笑みを見せた。

太妃は、先代の大君の一の妃・妃宮であった人である。大君の、そして二藍の、血の繋《つな》がらない母でもあった。今は斎庭の北西の端にある天梅院《てんばいいん》で、各地の神宮へ送る招神符《しょうしんふ》の起草や、神招きの監査、助言を担っている。

「実は昨夜、お前の話を盗み聞いていたらしき鼠《ねずみ》を捕まえて吐かせたのだ」

「吐かせたって……それもあなたが尋問《じんもん》したのか？　心術で？」

「当然だ」

綾芽はまた文句を言いたくなったが、我慢して「そうか」と口元を引き締めた。

「それで鼠はなんと？」

「どうも太妃は数日中に大君を館にお招きになって、御《おん》みずから問いただされるおつもりらしい」

「なにを問われるおつもりだ」

「お前も知るとおり、太妃はわたしの春宮冊立《さくりつ》に強く反対されていた。それについてだろうな。なぜ突然神ゆらぎなどを立坊《りつぼう》したのか、大君の真意を直接お尋《たず》ねになるのでは？」

二藍は、まるで他人事《ひとごと》のように冷ややかだった。

「大君は太妃のお招きをお受けになるのか？」

「そのようにお考えでいらっしゃる。太妃との対立は避けたいのだろう。こちらとしても、ある意味よい説得の機会だしな」

「なるほどな……。でも大丈夫なのかな。大君は太妃を疑っていらっしゃるだろう。その、心術的な意味で」

春宮の冊立に関しての対立ならまだいいが、大君は、太妃が生前の石黄《せきおう》に心術をかけられているのではないかと疑念を持っている。

もしそうなら事態は余計に深刻だ。神ゆらぎの春宮など断じて認められぬという名目で、太妃は政変を起こすかもしれない。それに乗じて、石黄が果たせなかった陰謀を成し遂《と》げようとするかもしれない。

　そうなるよりも前に、太妃に心術がかかっているならば解く必要があるが……。

「まあ、心配はなかろう」

　と二藍は世間話でもするように言って腰をあげた。「どっしりと構えていればよい。いざ大君が天梅院へ向かわれるときは、お前に手伝ってもらうかもしれぬな」

　まだ訊きたい話はあったが、綾芽は黙ってうなずいた。立ちあがったということは、二藍はこれから出かけるのだ。

　しかし二藍は立ちあがったはいいものの、その場を動こうとはしなかった。どことなく所在なさそうな顔で、じっと綾芽を見やっている。

「どうした？」

「いや。実は今宵《こよい》、お前と夕餉《ゆうべのみけ》を共にしようと思っているのだが」

「え？」

　思わぬ話に綾芽は驚いた。そんな誘いを受けたのは初めてだ。そもそも今まで夕餉を共にしたことなんてない。二藍はいつも多忙なのだ。

　しかしそれよりなにより、今日は悠長に夕餉を囲んでいる暇《ひま》なんてないはずだった。

「今宵は、あなたは忙しいんじゃないのか？　年に幾度もない大事な祭礼があるだろう。

点定《てんじょう》の儀に参上しなくていいのか？」

点定の儀。理《ことわり》の神である玉盤神《ぎょくばんしん》に、その年とれる稲を捧《ささ》げる儀式である。

春先と夏の二度に分けて行われる祭礼で、春先の今日はまず、稲を奉納する邦《くに》を決める。兜坂国《とさかこく》の十三邦をそれぞれ南北に分けた計二十六の地域から、玉盤神の一柱《ひとはしら》、点定神が自ら選ぶという、ただそれだけの祭礼だ。斎庭の祭礼の中では、ごく簡単な部類である。

とはいえ相手が玉盤神だから、気を抜くわけにもいかなかった。

なぜなら玉盤の神々とは、この国の神々とまったく性質を異にするものだからである。いくつかの神の集まりだったり、人の言葉など解さない兜坂の神と違い、玉盤神は言葉を用いて指図したりする。

なにより玉盤神は、細かく定められた決まり事から外れるだけで、たちまち国を滅ぼす恐ろしい一面を持っていた。だから今日の祭礼も、妃宮である鮎名《あゆな》が自ら執《と》り行う。当然二藍も参じて目を光らせるのだと、綾芽は思っていた。

しかし二藍は「今日はわたしはいかない」と首を振った。

「なぜだ」

「わたしは神ゆらぎゆえ、玉盤神にいいように用いられてしまう。むしろその場にいないほうがいい」

それに、とやけに固い声で付け加える。

「妃宮が妙な気を利《き》かせてくださったのだ。祭礼に出ない代わりに、お前とゆっくり過ごすようにとお命じになられた」

「わたしと、ゆっくり？」

綾芽は首をかしげた。どういう意味だろう。

「わたしたちは忙しすぎるのだそうだ。話をしても、いつもなにかに追われて切りあげる。それではだめだと」

「……だめなのか？」

「さてな」

二藍は投げるように答えて、庭を前に、扇《おうぎ》を閉じてはひらくを繰り返している。

――妃宮は、心配してくださっているのだろうか。

綾芽はなんとか鮎名の真意を推《お》しはかろうとした。

確かに二藍と、目的もなく過ごす暇はまったくない。でも、初めからずっとそうだった。もっと話をしろという意味だろうか。充分話はしていると思うが。

どちらにしても、二藍と一緒に食事ができるのは嬉しかった。膳 司《かしわでのつかさ》であった笑い話でも披露《ひろう》しようか。二藍の好物も訊いてみたい。苦手なものもあるんだろうか。あったらおかしい。

「とりあえず着替えてくるよ」と綾芽はにこやかに立ちあがった。

だが室《へや》からでるより前に、

「おふたりとも、ちょっといいか」

と佐智の声がしたので、綾芽と二藍は振り向いた。

「どうした、佐智」

「桃危宮《とうきぐう》から使者が来た。至急来宮せよとの妃宮のお言付けだ」

点定神を迎えていたはずの、鮎名からの言付けである。二藍は眉を寄せた。

「まさか、また玉盤神が無理難題を押しつけてきたわけではなかろうな」

「いや、儀式はつつがなく終わったんだってさ。ただ選ばれた邦《くに》が……悪い。詳細は直接お話しされるとのことだけど」

「とりあえず参上いたそう」

言うや二藍は、足早に室をでていく。

「梓、お前も供をせよ」

女嬬としての名を呼ばれ、綾芽はうなずいた。夕餉の約束は流れてしまうが、仕方ない。

「――黄《き》の邦が選ばれた？」

鮎名の話を聞いた二藍は、呆然《ぼうぜん》と呟《つぶや》いた。大きく息を吐き、袖《そで》の中で手を組む。

「それは……大変困ったことになりましたね」

鮎名が執務を行う双嘴殿《そうしでん》には、二藍だけでなく、数十人の女がずらりと並んでいた。みな難しい顔をしている。鮎名は御簾《みす》の奥に座し、じっと目を閉じていた。

綾芽はそれを、几帳《きちょう》の裏から盗み見る。女嬬である綾芽は、本来は話など聞こえもしない場所に控えていなければならないのだが、二藍の計らいで殿舎のうちに忍びこませてもらったのだ。

鮎名はここに、春宮二藍と、花将最高位にある妃を全員、それから斎庭を差配する各司の長官を呼びだしていた。それだけ深刻で、多くの知恵が必要な事態なのだ。

黙ってしまったみなのうちから、妃のひとりである高子《たかこ》が、穏やかに口火を切った。

「黄の邦と言えば、先年旱害《かんがい》で苦しんだ土地でしょう？　しかも此度《こたび》選ばれたのは、とくに害のひどかった邦の南。なぜこのようなことになったのです。黄の邦だけは守れるよう、最善を尽くしたのではないのですか？　ご説明いただけません？」

春めいた容貌に相応《ふさわ》しい柔らかな口調だが、その裏には刃《やいば》のごとき苛立《いらだ》ちが潜《ひそ》んでいる。

高子は上位の妃で、大君とも婚姻の関係がある。鮎名よりも年上で入庭《にゅうてい》が早く、なにより大君即位の際、最後まで妃宮の地位を争った三人のうちのひとりだ。

奔放《ほんぽう》でまっすぐな気質の鮎名とは気が合うとは言いがたい部分もあり、このような臨時の議上でも、毎朝の花将の議定《ぎじょう》でも、口ぶりに反して容赦《ようしゃ》がない。

とはいえ高子の疑問は的《まと》を射《い》ていた。隠れて窺《うかが》っている綾芽も思ったのだ。どうしてこんなことになった。今度こそ、黄の邦の民《たみ》は死んでしまうではないか――。

昨年、黄の邦は旱害で苦しんだ。邦を潤《うるお》すはずの雨神がついに斎庭に来訪せず、雨がほとんどふらなかったのだ。

そのため黄の邦では、秋蒔《ま》きの麦が大凶作に陥《おちい》った。

大君や太政官《だじょうかん》らは、困窮《こんきゅう》した民に備蓄の食糧や布類を支給する賑給《しんごう》や、田租《でんそ》の免除を広くおこなって、被害を収めるように努めている。おかげで今はまだなんとか保《も》っているものの、近隣の邦を含めてもう備蓄は底をつきそうだった。水の不足も解消できていない。

そのうえ玉盤神に今年の稲の奉納を課されれば、黄の邦の民は今度こそ飢えて死んでしまう。

それほどまでに、玉盤神の一柱、点定神の取り立ては苛烈《かれつ》だった。

秋に収穫した稲を一束捧げる――などという生半可《まなはんか》なものでは許されない。点定神は夏、再び斎庭に降りる。そして盤上に並んだ十の玉から、いくつかを持ち去る。そのとられた数ぶんの稲が供物《くもつ》となる。

例えば五つの玉がとられれば、稲穂は十のうちの五、つまり半分が立ち枯れる。

その地域の、すべての稲穂の半分だ。どんなに力強く、青々と伸びていたとしても。

例年ならば相応の対策をしているから、なんとか凌《しの》げるかもしれない。しかしもし今年、半分の稲穂を喪《うしな》えばどうなるか。黄の邦はもはや耐えられない。

高子の疑問に答えようとした鮎名だったが、

「差配したのはわたくしですので、わたくしがご説明いたします。高花《たかはな》のおん方」

鮎名を制して切りだしたのは、女官の長、尚 侍《ないしのかみ》の常子《つねこ》だった。

いつもどおり冷静、いや、冷ややかといってよい口調である。この常子もかつては妃宮候補のひとりであったが、今では鮎名を忠実に支えていた。

「もちろん、わたくしどもも最善を尽くしたのです。ただ、此度は運が悪かった」

「運？　運で民を飢えさせるのですか？　近頃の斎庭はいやはや冷たい」

高子の皮肉を無視して、常子は螺鈿《らでん》を撒《ま》いた大きな盤を引きだした。

「点定の儀のやり方をご存じない方もいらっしゃるでしょう。まずはご説明いたします」

盤の中央には硬玉《こうぎょく》が嵌《は》めこまれた朱塗りの盆が載《の》っており、周りを素焼きの小皿が取り囲むように並んでいる。

小皿は全部で十数あり、それぞれに紅玉《こうぎょく》、紅珊瑚《べにさんご》、軟玉《なんぎょく》、金、銀、鉄、水晶、他にも綾芽が名を知らない石のかけらが、ひとかけずつ載っていた。

「こちらが点定に用いる盤で、玉盤と呼ばれるものです。盤上は玉盤神の神威の及ぶ範囲を示しております。それぞれの皿が玉盤神を奉じる国々を、中央の朱盆が我らの国を表す――などと言われていますが、まあそれはよいとして」

常子は、朱塗りの盆に木札を並べた。札には『朱野《あけの》　北』『匳《くしげ》　南』などと、十三の邦の名と南北が彫ってある。

「この札をこのように」と縦横《たてよこ》に整理して、常子は女たちを見渡した。

「並べた中から、点定神がひとつを選ぶ。そこに書かれた邦が稲を献じる。そういう次第となっております。それだけの、実に簡単な祭礼でございますね」

しかし、と常子は続けた。

「この札の並びが、国の行く末を大きく左右いたします。二十六枚のうち、どの札を神が選ぶのかは、そのときまでわかりません。その日の神の気分次第です。とはいえ神にも、ふるまいの偏《かたよ》りや癖《くせ》がございますのは、皆様よくご存じかと思います。この札の並びにも、神の目につきやすい、取りあげられやすい位置があるのです。たとえばこの位置の札は、過去十度も選びだされました。その右など、ただ一度も取られておりませんが」

常子は真ん中あたりの二枚を指差した。

「このような偏りをかんがみて、札を並べる——つまりは守りたい札を目立たせず、選んでほしい札へ神を誘導する。それがこの点定の儀の肝《きも》なのです」

理不尽《りふじん》な神の訪れを嘆《なげ》き、諦《あきら》めひれ伏すのは兜坂のやり方ではない。神の一挙一動を見定め、頭をさげているふりをしながらいなす。そうやって時間稼《かせ》ぎをする間に、人の利になる道を探す。人の手で先へと進む。それが兜坂の国と民の生き方だ。

玉盤神に対しても同じである。とくにこの理《ことわり》の神々は、厳密な法に従って動く。ならばいかに恐ろしい神であろうと、こちらにもやりようはある。

どんなときに、どのようにふるまうのか、細かく記録をとる。ひとつひとつの行動の間に、見えない因果《いんが》がないか探る。

玉盤神のうちでも、稲を選び、奪う点定神は予測がたやすい。毎年訪れるから記録が多いのだ。記録が積もれば積もるほど、人ならざる法によって動く神も、理解の及ぶ範疇《はんちゅう》まででおりてくる。

女たちは整然と並んだ札をしげしげと眺めた。やがて口々に尋ねる。

「此度、黄の邦の札はどちらへ置かれたのでしょうか?」

「我が国としては、黄の邦だけは選んでほしくはなかった……とすればやはり、目立たぬところへ?」

「当然だ」と鮎名が固い声で答えた。

「毎年、札をどのように並べて、どの札を神が選んだのか。すべての記録を取ってある。それに基《もと》づいて、もっとも選ばれないはずの場所に置いた。此度の札は、北四、東六」

言われた場所に、常子は黄の邦の札を動かした。

「北四、東六は、今まで一度も選ばれなかった位置。ゆえに黄の邦の札を置いたのだ。たとえ誰が決めても、同じようにしただろう。高子殿ならご理解くださるはずだが」

じっと向けられた鮎名の視線に、高子はにっこりと笑みを返した。

「無論承知しております。そんなつまらぬところであなたが失敗するわけはありませんもの。最善を尽くしたのに、どうしてこうなったのか——それを訊きたいのですよ、妃宮。選ばれぬはずの地が、なぜ選ばれたのか」

「簡単だ。別の神が来た」

「……別の?」

「知ってのとおり、玉盤の神は一柱ではない。合計いくついるのか知らないが、多くの神の総称だ。あの神らは役目を分けているらしく、例えば記神《きしん》が行うべき内容の神事なら、かならず記神がやってくる。だがこの稲を選びに来る点定神は、どうも複数いるようだ」

ほう、と高子は頬を押さえた。

「つまり、今宵はいつもと違う神が来た。ゆえにあてが外れ、選ばれないはずの木札が選ばれた」

「そのとおり。昨年までの点定神は、玉盤大島の北東、亜馬島《あまじま》あたりの装束を着た男神《おとこがみ》だった。だが今宵来たのは――常子、あれはどこの装束だった？」

「玉盤大島の南、今は滅びた西沙《せいさ》の冠を戴《いただ》いた女神《おんながみ》でした」

常子はすらすらと答えた。

「西沙の点定神……確か、かつて数年の間来庭していた点定神ですね」

先代の大君の代から務める、老齢の妃が言った。常子がうなずく。

「仰《おっしゃ》るとおりでございます。二十五年前に五年間ほど、この神が点定を担当していたと記録に残っております。わたくしどもも、そちらの神に代わったのには気づきました。それですぐに記録を確認して札を並び替えたのです」

それでも『黄　南』の札はとられてしまった。記録が足りなかったのだ。西沙の点定神は、わずか五年しか来庭していない。五回分の記録だけでは、完璧な予測などできない。

どちらにせよ、と鮎名は口元を引き締めた。

「此度のことは、すべてわたしの責めだ」

「いえ、わたくしのせいです。責めを追及されるのならわたくしを」

珍しく常子が声を張る。殿舎のうちはざわついた。

しかし高子は笑みを崩さなかった。なよと口元を檜扇《ひおうぎ》で隠し、「あら」と首を傾《かし》げる。

「妃宮と尚侍ともあろうものが、軽々しく仰りますこと。誰のせいでもありません。我が国は玉盤の神との付き合いが短いですから、目算が外れることもあります。大切なのは、これからどうするかではないのですか？　ねえ、そう思われません？　春宮」

「二藍と呼んでいただきたいのだが」

急に話を振られ、御簾のうちで静観していた二藍はやれやれと答えた。高子は二藍の立坊を歓迎していない。ゆえにあえて、春宮と呼んだのだ。

すぐに二藍は、まじめな顔で鮎名に向き直った。

「高子妃の言うとおりです。終わったことは仕方ない。ですがこのまま無策で夏を迎えるわけにはいきません。なにか策を講じねば」

「お前に策はあるのか」

「少しは。無論、きちんと記録をあたって確証を得ねばなりませんが……そう仰るあなたこそ、腹のうちではとっくに対策など思いついていらっしゃるのでは？」

「まずはお前の意見を聞きたい」

「功をお譲りくださる気か？」

二藍は苦笑いのように呟いたが、それでは、と扇をぱちんと鳴らして閉じた。

「とにかく黄の邦の民を生かさねば。そのためにはまず、夏を越える水が必要です」

「他の神に働きかけるか」

「ええ。水をためこんでいる神々に、人の住む地へいくらか分けていただきます」

「しかし二藍さま、先年の少雨の影響で、山神にも水の備えはほとんどないでしょう」

「そもそも黄の邦には、水を蓄えられるような山がいくつもございません」

花将らの声に、二藍はうなずいた。

「承知している。だから大胆な手を使う。荒れ神を――大風《おおかぜ》の神を、勧請《かんじょう》します」

鮎名はただ短く「ほう」と言った。きっと腹のうちの考えと一致しているのだ。

しかし他の女官や花将は顔を見合わせた。大風とは、海を渡ってやってくる嵐のことだ。

昨年斎庭は、その勧請に失敗したのである。

「確かに大風は水を振りまきます。しかしあれをほしい時期に、ほしい道筋まで導くのは相当難しくございませんか？」

「それに時期が悪ければ、むしろ作物に悪い影響を与えます。それどころか川が溢《あふ》れ、家を吹き飛ばす」

「先年とて、あの神はまったく明後日《あさって》の方向へ行って被害をだしたのをお忘れですか？」

二藍は、「無論忘れてなどいない」と花将らの意見に答えた。

「だが、此度はもっと確実な手を使う。先年は秋に呼ぼうとしただろう。まずそれが悪かった。秋の大風は荒れやすい。しかし今年は夏に呼ぶ」

「夏？」

高子は身を乗りだし、ほどなく「なるほど」と檜扇に顔を隠した。二藍は続ける。

「夏の大風はそこまで荒れないうえに、稲はまだ穂がでていないから被害も抑えやすい」

「ですが黄の邦を狙って当てられますか？」

「当然祭礼で、正しく黄の邦に向かうよう導くのだ」

「それでも思ってもみない方へ進むのが大風でございます。祭礼で導いた道を進んでくれぬこともあります」

そのとおり、と二藍はうなずいた。

「確かに、かならず黄の邦に当てるのは難しい――とわたしも思っていた。だが先年の旱害があったのち、もう少々どうにかならないものかと調べてな。書司《ふみのつかさ》の女官に頼み、今までの大風の記録、すべてをさらったのだ」

（記録を全部さらった？　いつの間にだ）

綾芽は驚いた。あの滅国《めっこく》だなんだの騒ぎの中、いつそんなことをしていたのだろう。

「大風が黄の邦に渡る道は大きく分けて三つ。もっとも多いのが西からの道だが、これは玉央《ぎょくおう》を通るから論外だ。先年試した南からの道は、気まぐれに逸《そ》れやすい。だが北西から大きく弧を描いて至るものは、ほとんど道がぶれない。祭礼でうまく導けば、まず十中八九は黄の邦に当てられる」

「ですが」「しかし」

「――とにかく、案としては悪くない」

みなを制するように、鮎名が言った。

「だがそれなりの裏付けが必要だな、二藍」

「ええ」

「その案を採《と》るかは改めて考える。二藍、それまでに、そなたの言い分を確められるだけのものを揃《そろ》えるように。春宮の任もあるだろうから、尚侍《ないしのかみ》を補佐につける」

二藍は黙って頭をさげた。

議定が終わると、綾芽は几帳の裏をでた。他の女嬬に交じり、階《きざはし》の脇で二藍を待つ。

二藍は鮎名と話をしているのか、なかなか出てこなかった。ほとんどの女官や妃らが退

出したのち、ようやく廂《ひさし》に現れると、

「さきほど妃宮に申しつけられた件だが、実際はお前に任せることになるだろう」

と開口一番に言った。

綾芽はうなずく。二藍は外庭の儀式やら年中行事やらに忙殺されている。二藍が命じられたこととはつまり、二藍の下で働く者が命じられたに等しい。

「なにをすればいい」

「まずは、北西から訪れる大風の道筋を、はっきりさせねばならぬ。本当にぶれぬのか、すべての大風のうちどの程度がその道を通るのか、そのうち黄の邦へ至るものはいかほどか。だがもっとも必要なのは、どのような地を通り、どう動くのかの地図だ」

「地図？」

「そう。兜坂を囲む廻海《めぐりのうみ》の地図を用意する。そこに、今までの記録に書かれている大風の進路を記してくれ。幸い斎庭の文書院《もんじょいん》には、各邦の風土記《ふどき》と、近隣諸国の史書が揃っている。その記述をつきあわせれば、おおむね正しい進路を再現できるだろう」

風土記には、いつ、どこに大風が至ったかが記されている。各国の史書も同様だ。それぞれの書物から同じ大風の記述を探し、ひとつひとつ繋《つな》いでいけば、今までの大風の道筋が浮かびあがる――そういうことらしかった。

「大変な作業だな。まずは文書院中をひっくり返して、求める記述を見つけてこなきゃ」

綾芽は両手をすりあわせた。

正直、自信がない。二藍が教えてくれたおかげで、日常の読み書きにはもうほとんど不自由しない。でも文書院に収められた文籍はあまりに膨大《ぼうだい》だ。岩山を崩して砂金を見つけるより難しく思える。

「心配するな。そこは、文書院にいる書司《ふみのつかさ》の女官らに命じる」

二藍は笑って、ひらいた扇を綾芽の肩に軽く乗せた。

「膨大な書物の山から目的のものを探しだすことにかけては、あの者らの右に出るものはいない。お前と尚待には、書司が探してきた文書をつなぎ合わせ、大風の道筋を地図にまとめてもらおうと考えている」

「わかった」

綾芽はほっとして、うなずいた。

「文書院の作業にはしばらくかかるだろう。地図だけは先に渡そう。眺めておけ」

二藍はさっそく外庭《とつにわ》の官人に書写させたらしく、次の日には綾芽に地図をくれた。

女嬬の役目の合間を縫って、自分の室《へや》で広げてみる。

大きな紙いっぱいに描かれたのは、巨大な玉盤大島の東半分、そしてその周囲を巡る島々である。

「この真ん中の大きな島が玉盤大島か。これが八杷島《やはじま》、こっちが妙勝《みようしよう》。兜坂は……まさかこの、東の小島か？」

生まれた里の田畑の見取り図しか見たことがなかった綾芽は、大国だと思っていた兜坂の、あまりの小ささに驚いた。

玉盤大島は軽く見積もっても、兜坂の十数倍は大きい。大島の周りの島々も、兜坂の二倍三倍はあるものがいくつもあった。この地図には載っていないが、玉盤大島の西には、玉盤と同じくらい巨大な、銀台《ぎんだい》大島なるものさえあると聞く。

「この世は広いのだな……」

綾芽は指で地図をなぞり、思わず呟いた。

世の広さばかりではない。地図を眺めると、改めてひしひしと感じてしまう。

(玉盤神は、ほんとうに恐ろしい神だな)

この世はこんなに広いのに、この地図上の国はみな、玉盤神の下《もと》にある。厳しい制約を課され、逸脱があれば即刻滅びを命じられる。

きっと苦慮しているのは、兜坂だけではないのだ。

（苦しんでいる神ゆらぎも、たくさんいるんだろう）

今日も朝から両目に帯を巻き、心術を他の者にかけないようにと警戒されて、大君の居《きょ》所《しょ》・鶏冠宮《けいかんぐう》に向かった二藍の姿が脳裏を掠《かす》めた。

綾芽は悔しくてしょうがなかった。議定のとき、二藍は大風について調べたと言っていた。そんなことまでこなしていたなんて、綾芽はちっとも知らなかった。

きっと今も同じなのだ。綾芽が知らないところで、二藍はいろいろなことに気を配っているし、とんでもなく無茶をしている。心術を使うのだって身を削っているはずだ。

でも二藍は、辛《つら》いとも苦しいとも言わない。何も言ってくれない。言っても仕方ないと思っているのだろうか。綾芽が二藍に与えられるものなどはないと。

――わたしはこんなに心配なのに。

たまらなくなってきて、綾芽は地図を丸めて箱にしまった。代わりに鮎名に借りた、神ゆらぎについての書物をひらく。

暇を見つけては読み進めている。もう、ほとんど目を通しただろう。だからこそもどかしい。限界を感じているのだ。

兜坂にある文籍を漁《あさ》っても、二藍を救う手立てはない――そんな気がしてしまっている。兜坂国には、神ゆらぎに関する知識がないのだ。

そもそもの話、神ゆらぎの『神』とは、玉盤神を指すという。神ゆらぎが兜坂に生まれるようになったのも、玉盤神の祭祀《さいし》が始まってからだ。

だからだろう、玉盤神への祭祀の歴史が浅い兜坂が、神ゆらぎについて知ることは少ない。なぜ生まれるのとか、人として生きることはできるのか、なにも知らない。鮎名に借りたこの巻子《かんす》だって、外《と》つ国の文書のほんの一部を訳したものだ。

(つまりは、どうにか他の国から知識をもぎとらなきゃならないんだ)

それはわかっているのだが、実際どうすればいいのか、策は見つからない。

玉盤神をよく知るといえば、まず玉央。だが兜坂を属国にしようとしている玉央が、兜坂に知識を流すわけはない。

そしてそこは、玉央以外だって同じなのだ。玉盤神は、簡単に国を滅ぼす恐ろしい神々だ。扱いを誤れば、国はたちまち破滅する。

逆に言えば、玉盤神の扱いに長《た》けるだけで他国をだし抜くことができる。当然、玉盤神に関《かか》わる事柄はどこの国でも秘中の秘。いかに友好国でも、簡単に明かしてはくれない。

(取引するって手はあるかもしれない。だけど、なにか材料があるだろうか……)

二藍どころか、昨日の議定の場にいた誰よりものを知らぬ綾芽に、そんな手立てが見つけられるだろうか。

あれこれと頭を悩ましていると、

「梓、いるのか？」

室の戸口に立てた几帳の向こうから、二藍の声がした。外庭にでかけていたのが、いつのまにか戻ったらしい。

綾芽は几帳の裾《すそ》を持ちあげ、招き入れた。

「ここにいたのだな。地図は見てみたか」

「ついさっきまで広げていたよ。兜坂のあまりの小ささに驚いた」

「あれでも、実際よりずいぶん大きく描いてあるのだがな」

二藍は苦笑して、丸木の柱に身を寄せた。

立ったまま話をするつもりのようだ。鶏冠宮に参内《さんだい》した装束のままだから、話したいことがあって、綾芽を探していたのだろう。

「それで、どうしたんだ？」

「いや、石黄とやりとりしていた貴族の件だがな。鈴の供述も合わせ、だいたいどの者か絞り込めたのだ」

「え、早いな。誰だったんだ？」

「わたしと大君は、権中納言《ごんのちゅうなごん》が怪《あや》しいと睨《にら》んでいる」

「権中納言か」

綾芽は口に含むように二藍の言を繰り返す。「……偉いお人なのか？」

田舎生まれの綾芽は、外庭の仕組みをほとんど知らなかった。

「まああ偉い」と二藍は笑った。

「斎庭でたとえれば、そうだな。斎庭には、最高位である妃位の花将が十名いるだろう。そのうち、下から数えて三番目くらいだ」

「なぜその者が怪しいと？」

「大君は、玉央が石黄の死後、表向きは様子見に転じているのを幸いと、玉央と繋がりのある者に厳しい姿勢をうちだされていらしてな。今までの交易の記録も、隅々まで洗っておられる」

その過程で浮かびあがったのだという。

今の兜坂国は、いくつかの隣国と活発に船を行き来させている。交易品の多くも、正式な使節に随行した商人や、民間の海商が取り扱っていた。

どちらにしても、船は兜坂最大の港町・佐太湊《さたみなと》に入り、そこで湊の官人から来航理由や交易の許可証、乗員の名簿などを検《あらた》められる。その後、都から派遣された文物使が交易品の目録を作る。それをもとにまずは大君家が取引し、そののち他の貴族が残りの文物を買い求める、という流れだ。

しかし、どうも少なくない玉央の船から、文物使が到着する前に荷が抜き取られているらしい。

「つまり大君は、権中納言家が金を握らせた湊の官人があらかじめ荷を抜いている——玉央との交易の荷を、権中納言が掠め取ったとお考えか」

「掠め取ったというよりは、もとより玉央が賄賂《わいろ》として贈ったものを、自分の懐《ふところ》に収めていると言った方が近いだろう」

「なるほどな。……その男は切れ者なのか？」

「それほどでも。少なくとも、石黄に比する者ではない。性格も、石黄と馬が合うようには思えぬな」

そこが大君も二藍も、少しひっかかっているようだった。

石黄の行いは今も許せない。しかし二藍らの知る石黄は穏やかで、志《こころざし》の高い人物でもあった。だからこそ、まさか国を売ろうとしているなんて思いも寄らなかったのだ。

権中納言は権力への欲を隠さないわりに小心者である。石黄とはまったく逆の男だ。

「本当にこのふたりが手を組むだろうか。大君はそうお考えなのだな」

「杞憂《きゆう》に過ぎないだろうが。目的のためだけなら、どんな者でも協力しあうものかもしれぬ」

どちらにしろ、と二藍は袖の中で指を組んだ。

「確たる証拠を押さえねば、こちらは動けない。権中納言が掠めたであろう、玉央からの文物を見つけねば」

「なぜだ。疑わしいなら、もう捕らえてしまえばいいじゃないか」

「そういう捕らえ方は、他の貴族によくない影響を与える。『おそらく裏切っているだろう』だけで罰すると、臣は疑心暗鬼に陥《おちい》る。裏切っていないのに捕らえられるかもしれない、ならば先に裏切ってしまえ、と考えだす」

「そういうものなのか？」

「そういうものだ」

綾芽はぴんとこなかったが、二藍が言うのなら正しいのだろう。

「では文物を探すのか。貴族の館で家捜《やさが》しはできないだろう？」

「そうだな。まあ、いくつか手は打っている。少なくともあの男の屋敷にはない」

「え、どうやって調べたんだ」

「いろいろと」

いつのまにか、二藍は明後日の方向を見やっている。綾芽はじろりと睨《にら》んだ。

「さては、権中納言の家人《けにん》に心術を使って吐かせたな」

二藍は涼しげな表情で扇をひらいた。のらりくらりとかわされたらたまらない。綾芽は口を尖らせる。

「二藍。わたしにはわかっているんだよ」

ようやく二藍は、「まだひとりにしか試していない」と笑った。

「こっそりと家人を捕まえてくるのも難儀でな」

笑うところじゃない、と綾芽は思ったが、どうにか文句を呑みこんだ。怒ったところで二藍は動かせない。理に適《かな》うことを言わねば。

「手当たり次第に捕まえるのはやめてくれ。やるとしても最後にしてほしい」

「なぜだ？」

「権中納言が小物だとしても、玉央と手を組もうとするんだから、悪知恵は働く人だろう。あなたの心術には当然対策してる。吐かせたって、簡単に見つかるとは思えない」

二藍はなにか言いかけたが、結局は「わかった」と引きさがった。

――本当にわかっているのだろうか。

綾芽はつい思った。薄々感じていたが、気のせいだと思っていた。でも違う。

（二藍は以前よりも簡単に心術を使うようになった）

どうしてなのかを考えだすと、底なし沼に嵌《は》まりそうだ。綾芽は断ち切るように言った。

「とにかく、なるべく心術は使わないでほしい。いつもお願いしているけれど。わたしは絶対にあなたが人になれる方法を見つける。だから、それまで待っていてほしい」

「そんな顔をしなくても大丈夫だ。お前の言うとおりだろう。権中納言はきっと、文物を隠させた者をすでに処分している」

二藍の返答は、限りなく軽い。

「わたしが言っているのは今回だけの話じゃなくて――」

そのとき盆を捧げ持った女官が駆けてきて、几帳の前にかしこまった。綾芽は口をつぐみ、二藍は几帳の脇から顔をだした。

「何用だ?」

「妃宮より文《ふみ》でございます」

女官は頭《こうべ》を垂れて、盆をさしだした。梅の枝に結ばれた文がある。二藍はそれを見るやいなや、口元を引き締めた。

「梅が動くか」

(梅?)

女官が去ると、二藍は素早く文に目を走らせる。おもむろに視線をあげ、質問したくてうずうずしていた綾芽に声をひそめて告げた。

「とうとう太妃が、自らの館に大君をお招きになったそうだ」

「ということは……」

綾芽はごくりと息を呑む。そう、と二藍は鋭い笑みを浮かべた。

「お前の出番だ」

＊

夜風が吹き抜ける斎庭《ゆにわ》の北西、天梅院《てんばいいん》。

その一角にて、大君はひとり、繧繝縁《うんげんべり》に座した壮年の女と向かい合っていた。

「このようにお会いするのも久しぶりですね」

女が言えば、大君も笑みを浮かべる。

「本当に。八杷島《やはじま》より取り寄せた薬はいかがですか。効いていらっしゃればよいのですが」

「おかげで楽になりました。毎日几《つくえ》に向かってばかりゆえ、肩が凝《こ》って困ります」

女はたおやかに袖を払って肩を押さえた。

夜風に乗って、濃い梅の香《か》が室《へや》を満たす。夜中なので影が揺れるばかりだが、庭には百本はくだらない梅の木が植えられている。ゆえにここは天梅院と呼ばれる。

先王の妻妾が暮らす場である。

ひとりの王に百の妻妾がいる兜坂国だが、意外にもここの住人は少ない。代替わりの際、多くの妻妾はそのまま新たな大君と再婚する。妻妾のほとんどは神招きを本務とした花将だから、名目上の夫が替わるだけなのだ。

天梅院に入るのは、健康上の理由で花将の任をおりる者、さきの大君と実際の婚姻関係にあった者。

そしてさきの大君の妃宮《きさきみや》だった者。

大君が相対しているのはその、さきの大君の妃宮・太妃《たいひ》である。

ふたりを隔《へだ》てる御簾《みす》が、梅の香にふわりと揺れる。それを合図に、大君は切りだした。

「わざわざ人払いしてわたしを呼ぶとは、どういった風の吹き回しでしょう。珍しいこともあるものだ」

「ただただ吾子《わこ》と、盛りの梅を楽しみたい親心ですよ」

太妃は微笑み、自ら御簾をあげ、瓶子《へいし》を持って大君の盃《さかずき》を満たした。

大君は、なんと答えたものかと考えつつ盃を受ける。この義母が、梅を楽しむためだけに大君を呼びだすはずがないのは、互いに承知している。

太妃は有力氏族の出であり、当然のごとく妃宮の座にのぼりつめ、勤めあげた女である。自らの子は成人しなかったため、大君や二藍を含め、すべての子と血は繋《つな》がっていないが、大君にとってはもはや実母よりも近しい存在だった。

とはいえ、今は気安い仲とは言いがたい。即位の際に太妃は、斎庭の最高位・妃宮へ鮎《あゆ》名《な》を据えるのに反対した。大君は押し通したが、それ以来関係はぎくしゃくしている。

大貴族の娘らしく、見た目は穏やかでおっとりとした女性《にょしょう》だ。しかし心のうちには、苛烈で強い女が隠れていた。

大君は、義母から一時たりとも目を離さずに酒を飲み干した。さすがに酒に毒は入っていない。

「我々はそのような仲ではないでしょう、義母君《ははぎみ》。単刀直入に仰っていただきたい。なぜわたしを呼ばれたのです？」

「ご存じでしょうに。二藍を春宮《はるのみや》に立てたわけをお尋ねしようと思ったのですよ」

太妃は笑みを絶やさぬまま、あっさりと言った。

「なぜ二藍を、あえて春宮に？　あの子の半分は神。いつまで我らと心を同じくしていられましょう。玉盤の神のされるがままではないですか」

「いいえ。此度《こたび》玉盤神を退《しりぞ》けたのは、他でもない二藍です」

「それがまことならばよいのですがね」

急に鋭くなった太妃の視線を、大君はやりすごした。確かに、伝えたのは完全な真実ではない。綾芽の存在を隠しているからだ。だがそれは言えない。まだ、今は。

太妃はしばらく黙っていたが、

「はっきりと申しましょう。貴族どもは噂しています。石黄は嵌《は》められたのではないかと。あの者は逆賊を排そうとした。だが策略に嵌まり、殺された」

「ほう」

「石黄が死んだのちも、大君は心術を用いる恐ろしき神ゆらぎに心を奪われていらっしゃる。ゆえにその者を春宮に立てた、と」

「つまり二藍が仕組んだと。わたしも鮎名も操られていると」

「そうではないと信じたいのです。しかしわたしも太妃。国と我が子を守る責めがある」

「なるほど」

吐き捨てたい気分だったが、大君はことさらゆったりと笑みを浮かべた。

「あなたの『我が子』に二藍は入っていない。それが今わかりました。あなたもあれの実母と同じく――」

そこでふいに言葉をとめ、素早く左右を見渡した。口の端に笑いがのぼる。

「……殿舎のそばに、武具を持った女がいやに大勢いるようですが。こんな夜更《よふ》けに調練でもありますまいに。梅の香りを愛《め》でるのではなかったのですか？」

闇に浮かぶのは、いつのまにか梅の白い花弁ではなく、武装した女たちの槍《やり》や鉾《ほこ》の冷たい輝きに変わっていた。女舎人《おんなとねり》がこの館ごと、ふたりを取り囲んでいる。

「逃げても無駄ですよ」

腰を浮かせた大君に、太妃は微笑んで釘を刺した。

「しばらくそなたはここに留《と》めおきます」

「鮎名が黙っておりませぬよ」

「黙っておりますよ。なぜならいまごろ鮎名も、二藍の愛妾《あいしょう》さえも、我が舎人が捕らえておりますから」

「二藍の愛妾？」

と大君はひときわ驚いた顔をした。「なぜそんな者がいるとご存じで」

「筒井《つつい》という者がいるのです。膳司《かしわでのつかさ》で働いていますが、長らくわたしの腹心を務めている。その者が、二藍のもとで働いていた女嬬から聞いたと申しておりました」

「女嬬が漏らしたのですか。……二藍も、しようもない娘をそばに置いたものだ」

まったくです、と太妃は目を細めた。その顔に安堵が浮かんでいるのを見て、大君はついに笑いがこらえられなくなる。

「ずいぶんと心安らいだご様子ですな、義母君。うまくゆきそうだからですか？　わたしを弑《しい》し、玉央に低く頭を垂れる、都合のよい王を据える目論見《もくろみ》が」

「……なんということを」

太妃の目がかっとひらいた。都の女のなよとした美しさは一変し、爛々《らんらん》とした目が大君を睨む。

「妃宮を務めたわたしが、玉央にぬかずくとお思いか？」

「違うのですか？　ではなぜ王に刃《やいば》を向けるなどという蛮行に至られたのです」

「せめてそなただけでも正気に戻さねばならぬ、その一心です。それがそなたと二藍の、母としての責務」

「ほう」

大君は考えるように視線を落とした。しかし次の瞬間には御簾をぐいと引きあげて、のけぞる太妃の目の前に立ちはだかった。

「そのお言葉が心からのものと信じております、義母君。だが信じるには証拠が必要だ」

太妃はさすがに後ずさった。外の女舎人へ鋭く命じる。

「なにを見ておる、取り押さえよ！」

しかし女舎人たちは、誰一人動かなかった。

「……なぜ」

驚愕《きょうがく》する太妃とは裏腹に、大君は笑みを浮かべている。

「筒井なる者がいるとか？　実はその者、すでに調べましたよ。確かに優れていた。女嬬の話を盗み聞き、二藍の愛妾などという女がまことにいるのか、確認に向かったのです。そこを捕らえて、あなたのお考えをすべて吐かせました。もちろんあなたにばれぬよう、吐かせたことは忘れさせましたが。二藍の心術を用いて」

「それでは、そなたらは最初から……」

愕然《がくぜん》としている太妃に、ええ、と大君はうなずいた。

「二藍の女嬬は、筒井にわざと愛妾云々《うんぬん》と聞かせていたのですよ」

筒井のことを、二藍や綾芽は最初から警戒していた。愛妾の話は鈴《すず》を捕らえるだけでなく、おそらく太妃と繋がっているであろう筒井をいぶりだすためのものでもあった。

筒井はまんまと罠《わな》に嵌まり、太妃の策はすべて大君に筒抜けになっていたのだ。

「今宵《こよい》あなたはわたしを呼びだし、兵で囲んで軟禁するつもりだった。わたしはそれを逆《さか》手《て》に取って――」

「あらかじめ、そなたの手の者を連れてきて、入れ替えておいたというのか」

大君は答える代わりに、腕を少しばかりあげた。女舎人たちが一斉に頭を垂れる。

「ですから無駄です、義母君。籠《かご》の中の鶏《とり》となったのは、あなたの方なのですよ」

太妃はもう言葉もなかった。そのあまりにも悄然《しょうぜん》とした様子に、「ご心配なされますな」と大君は声を和《やわ》らげる。

「わたしたちは互いを疑っているが、その必要はないのかもしれない」

そして「来い」と御簾の向こうに声をかけた。

しずしずと現れたのは、美しい装束に身を包んだ若い娘。

「何者なのです」

「すぐにおわかりになる」

睨む太妃を気にも留めず、娘は進みでる。太妃の両手をとり、強い目を向けた。

それは綾芽だった。


「――とまあ、そんな感じだったよ」

綾芽は隣を歩く二藍に、さきほどの顚末《てんまつ》を語った。左手には、遣《や》り水が流れる風情《ふぜい》ある庭が続いている。鋤《すき》を担《かつ》いで先をゆく佐智の他に人気《ひとけ》はなく、二藍の手にする松明《たいまつ》だけが揺らめいていた。

ここは、かつて石黄が住んでいた屋敷だ。

「なるほど。やはり石黄は、太妃に心術をかけていたのだな」

二藍の問いかけに、うん、と綾芽は、自分の長袴《ながばかま》を踏まないように苦労しつつ返した。

大君は太妃を疑い、警戒していた。もし太妃が石黄に操られていたら、臣を煽動《せんどう》し、大君を引きずりおろして、二の宮を傀儡《かいらい》の王にしようとするかもしれない。

だからあえて誘いに乗り、その真意を確かめて、そのうえで綾芽に心術を解かせたのだ。

「でも太妃は、石黄の陰謀に荷担《かたん》させられていたわけじゃなかったよ。太妃は一年ほど前にとある話を石黄に持ちかけられたんだけど、その内容を忘れさせられていたんだ」

綾芽が心術を解くや、太妃はたちまち恥じたように座りこんだ。しかしすぐに、さきの妃宮らしくしゃんと背を伸ばし、すべてを話す、と大君へ告げたのである。

「石黄は心術で、太妃の記憶に蓋《ふた》をしたのか。何を忘れさせていたのだ？」

「そのとき、石黄は助力を乞《こ》うたそうだ。玉央へ祭祀の権限を移したい、どうか大君を説得してくれって」

「……太妃は乗らなかったのだな」

「そりゃそうだよ。祭祀を他国に任せたら、地震や噴火が起こったり、疫病《えきびよう》が蔓延《まんえん》しても、自分たちで神に働きかけることすらできなくなるんだから」

先代の妃宮として祭祀を取り仕切ってきた太妃には、断じて乗れない提案だった。

「それでも石黄は諦《あきら》めず、太妃を説得しようとしたらしいけど――」

綾芽が続きを言う前に、二藍はおかしそうに笑った。

「聞かなくともだいたいわかる。激怒された太妃は聞く耳もたず、自ら石黄を成敗《せいばい》しようとしたのだろう？」

「……なんでわかったんだ？」

そのとおりである。太妃はなんと太刀《たち》を抜き、石黄に迫ったそうだ。

「わかるに決まっている。ずっと同じ庭に暮らしているのだからな」

二藍は笑いながら足元へ視線を落とした。頰に浮かんでいるのは、はっとするほど寂《さび》しげな笑みだった。

綾芽はそれを目にして、初めて二藍の心中に思い至った。二藍は、自分を疑っている嫡《ちゃく》母《ぼ》を冷ややかに見ているのだと思っていた。そうではなかったのだ。

（きっとあの方を、母と慕《した》っているのだな……）

でも綾芽がなにを言うより早く、二藍は松明の向きを変えて、己《おのれ》の表情を闇に隠してしまった。

「とにかく、石黄は説得を諦めた。ゆえに心術を用いて、自分と話をしたこと自体を忘れさせたのだな」

――二藍は、こうやって自分の思いを隠すことばかり上手《うま》い。

綾芽は胸を痛めつつ、「そうらしい」と答えた。

「よかったよ、太妃が悪いお方じゃなくて」

「まだ安心はできぬがな。わたしが調べねば、真実を仰ったのかはわからない」

「太妃にも心術を使うのか」

「当然だ」

二藍の声はあまりに淡々としている。さすがに綾芽は眉を寄せた。

「わたしは、太妃は嘘はつかれていないと思うけどな」

「なぜだ?」

「だってわたしたちは今、太妃が教えてくださったからここに来たんだ。ここに、石黄の心術の秘密――神金丹《しんこんたん》が隠されているって」

二藍はちらと綾芽に目を向けたが、やがて「そうだったな」と呟くように答えた。

神金丹。それは神ゆらぎのための秘薬だという。神気が練りこまれていて、飲めば足りない神気を補えるのだ。神気の濃くない石黄は、そのままでは心術を扱えない。だから神金丹を飲んで、心術を操る力を得ていた。

石黄の隠した神金丹は、庭の西方、古い桜の木の下に埋められている。そう石黄が言っていたのを太妃が思い出したのだ。綾芽たちは、それを掘りかえそうと訪れている。

「神気を練りこんだ薬なんてものがあるとはな」

綾芽はぽつりと言った。

「驚いたよ。そんなもののことは、文書院《もんじょいん》の文籍にも、妃宮に借りた門外不出の書物にも、一言も書かれていなかったんだ」

「そうだな」

「あなたも驚いただろう?」

「いや。神金丹のことは、ちらと読んだことがある」

え、と綾芽は立ちどまった。

「お前は読んでいないだろう。八杷島《やはじま》から届けられた書物だ。八杷島の言葉を用いて記されているから、お前には読めない」

「八杷島の書? そんなものがあるのか?」

思ってもみない話に、綾芽の胸は高鳴った。

八杷島は兜坂国の西方、玉盤大島と兜坂を繋ぐ海の上にぽつんと浮かぶ小国だ。歴史ある国で、玉盤神との付き合いも古くから続いている。

(やっぱり、外《と》つ国の古い書物には、この国にはない知識が眠っているのか)

その書を紐解《ひもと》けば、神ゆらぎについて手がかりを見つけられるかもしれない。

「なあ二藍、その書物をわたしに――」

「読み聞かせてやる必要はないだろう。意味がない。わたしも隅から隅まで何度も目を通している。たいしたことは書かれていない」

二藍は、冷たさすら感じられるほどはっきりと拒《こば》んだ。それでも綾芽は食いさがる。

「わからないよ。わたしとあなたでは、目のつけどころが違うかもしれない」

二藍はしばらく黙り、ようやく言った。

「……考えておく」

(なんだ、乗り気じゃないな)

そっけない態度が気に入らず、綾芽はむくれた。二藍のために読みたいと言っているのに、なぜ嫌がるのだろうか。

「なあ二藍。その書物の――」

「考えておくと言っただろう。書物の話ならあとにしろ」

「そうじゃないよ。ただその書物にある神金丹のこと、詳しく聞きたいんだ」

二藍は息を吐いたが、ややして答えた。

「神金丹とは、神ゆらぎが神気を籠《こ》めることで作られる。元来、神ゆらぎの間で神気を受け渡すために使われるものだそうだ。神気の薄い神ゆらぎが一粒飲めば、心術を一度使えると言われている」

「神気の濃い神ゆらぎが飲めば？」

「たちまち神に変じる。ちなみにただびとには効かない。飲めば死ぬ」

「つまりわたしにもあなたにも、猛毒というわけだな」

神金丹を見つけたら、絶対に二藍に触らせないようにしよう。そう綾芽は誓った。

「でも、どうやって薬に神気を籠めるんだろうな？　そもそも神気とはなんなんだ。身体から切り離せるものなのか？」

だとしたら、二藍を人にする手段になり得るかもしれない。

わからぬ、と二藍は沈んだ声で答えた。

「わたしには、血を巡る毒としか感じられない」

「そうか……」

「八杷島の書にも、いかにして神気を薬に練りこむのかについては、いっさい記されていない。八杷島の者が知らぬとは思えぬから――」

「他国に渡すような文書だから、あえて書いていない、ということか」

八杷島は友好国だが、他国にすべてをつまびらかにしないのは、至極当然だろう。

「とすると、当然石黄も、神金丹の作り方は知らなかった。つまり、どこぞの国で作られたものを、誰かにもらっていたのだな」

「だろうと思うが……」

そのとき、庭の一角で足をとめた佐智が「え？」と声をあげたので、綾芽も二藍も言葉を切った。

「……どうした、佐智」

いや、と佐智は困惑《こんわく》したように振り返った。

「神金丹が埋まってるのはここのはずなんだよ。でも……掘り返されてる」

聞くや、二藍は顔色を変えて佐智に駆けよった。松明をかざして地面を見る。

「蚯蚓《みみず》がのたうっている。掘り返されたのはついさきほどだな」

と、周りに不審な者がいないか探しにいった佐智が、暗闇の向こうで悲鳴をあげた。

「衛士《えじ》が倒れている！」

二藍と綾芽は、はっと視線を合わせた。

「どうやら我らが探しに来ると察した何者かが、先に回収していったようだな。お前は動かずそこにいろ」

そう命じて、二藍は佐智を追った。綾芽は自分の装束の動きにくさに苛立《いらだ》ちつつも、せめて二藍や佐智がどこかから狙われないように目を光らせる。

そのとき階《きざはし》の袂《たもと》で、なにかが松明の火を受けてきらめいた。

(なんだ?)

かがんで取りあげる。猿梨《さるなし》ほどの大きさで、色合いはまるで砂金のようだ。でも金ではない。背筋がぞくりとするような匂いを放っている。

——まさか。

「……これが、神金丹か」

綾芽はじっと、掌《てのひら》の中の粒を見つめた。それから振り返り、もはや誰もいない昏《くら》い館を仰いだ。

*

「いまごろあの子は、無事神金丹を見つけられたでしょうか」

天梅院では、太妃が眉を寄せて南の方を見やっていた。

向かいあった大君は考える。あの子とは誰のことだろう。綾芽か、それとも二藍か。

きっとどちらも指すのだ。御簾があげられ、あいだを遮《さえぎ》るものがなくなったからこそわかる。太妃はふたりを案じている。

大君は、もう一度だけ尋ねた。

「……義母君、まことによろしいのですか？」

太妃はさきほど、驚くべきことを頼んできた。自分の記憶から、今宵聞いた事件の真相や、綾芽の力のことを消してほしいというのだ。

太妃は深くうなずいた。

「石黄にまんまとしてやられたわたしが、あの娘の秘密を抱えるべきではないでしょう」

その意志は固く、大君は密かに驚いた。自分が即位したばかりのころはあらゆることを心配して、首を突っこんできたこの太妃が。

「それだけ、綾芽の継いだ物申《ものもうし》の力は重い。そうお考えなのですね」

「継いだ、などという簡単なものではありません」

太妃は息を吐く。かと思えば刺すような双眸《そうぼう》を大君へ向けた。「あの力は――物申の力はかようなものではありません。あれは花。まこと咲かすが難儀な、得がたき花」

ええ、と大君は静かに同意した。

物申の力。神にものを申す、類《たぐ》い希《まれ》なる力。

それは確かに花だった。その種自体は、この廻海《めぐりのうみ》に生を享《う》けるすべての者が持っているという。しかしよい種はごくわずか。貴賤《きせん》に関係なく、離れては溶けあう血が偶然につくりだすものだ。

そのうえ、いかによい種でも強くつつかなければ芽はでない。かつてこの国に生まれた物申・朱之宮《あけのみや》を芽吹かせたのは、その孤高の地位だった。ただひとり、頼れるものなく玉盤神に対峙《たいじ》したからこそ、朱之宮は物申の力を花開かせたのだ。

綾芽は朱之宮の陵《みささぎ》のそばで生まれ、その血を受け継いだと信じて育った孤児だ。伝説は大いにその身を揺さぶっただろう。育ての親に愛されず、恵まれぬ生活を続けたことも。

しかし重要なのは、どのような厳しい局面でもまっすぐな心を失わなかったこと――そちらなのだと大君は思っていた。

綾芽は強い意志を持ち続けた。友との約束を果たすために斎庭へやってきて、二藍のために命を張った。国を傾けるような危機にも、決して逃げずに立ち向かった。

だからこそ、もたらされた花だった。

「あの花を、今このときに手に入れられたのは、まこと僥倖《ぎょうこう》です」

大君が笑みを浮かべると、

「気を抜いてはなりません」と太妃は小さく首を振った。

「まだあの娘はほんの苗。朱之宮のように孤独を強《し》いて、早くに枯らしては断じてなりません。よく日を浴びせ、水をやり、ときには強い風にも耐えさせて、立派な花を咲かせてやらねば。……ですが今、そなたが国の主《あるじ》としてもっとも警戒せねばならぬのは」

声を潜めた太妃の目をまっすぐに見やり、大君は首肯《しゅこう》した。

「今このとき、この広い環海に浮かぶ島々のうちに芽吹いた花は、ただひとつ」

この世のどこにも、綾芽と同じ力を持つ者はいない。神にものを申せる者はいない。八杷島にも、他の島国にも、玉盤大島にも。——玉央にさえ。

「知られてはなりません、絶対に他国にだけは、知られてはならない」

太妃の強く、それでいて今にも崩れそうな切実さの滲んだ視線が刺さる。

「ご安心を」

大君は思わず、義母の手に自らの手を重ねた。「かならず言いつけは守りますゆえ」

なにより国のために。そしてこの母と、あの男たち、女たちのために。

太妃は息子の目を見つめていたが、やがて笑みを浮かべ、静かに手を引いた。

「信じています。そなたも鮎名も、立派な斎庭の主。心配しておりませんよ」

「おおいに心配なさっておられるようだ」

「確かにさきほどまでは、気にかかっていました。二藍がどれほど心清くあろうと、神ゆらぎを春宮に立てるのは危険なことに変わりない。反対する花将も多いでしょうに、と」

妃たちはみな、二藍の神祇官《じんぎかん》としての能力を疑いもしない。ただ、斎庭で春宮の務めを果たせるのかを疑問視する者は、少なからずいる。

けれど、と太妃は穏やかな声で続けた。

「わたしはもう納得したのですよ。そなたがなぜ、二藍を春宮に立てたのか」

大君は小さく笑って、肩の力を抜いた。さすがはこの母だ。すべてを悟っている。

「お察しの通りです。わたしが二藍を春宮に選んだのは、まことは二藍のためでも、わたしのためでもない。あの娘——綾芽のためです」

物申の力は、願いと意志の強さに左右される。綾芽には、絶対に兜坂を守ると心から願ってもらわねばならない。なにがあっても、兜坂の味方でいてもらわねばならない。

あの娘を、どんな手を使っても育てねばならないからこそ、反対の声を押しきって二藍を春宮に据えたのだ。

「わたしは単に、二藍を慕《した》うあの娘に、ほしいものを与えてやっただけなのですよ」

いつまでも与えられるわけではないが、少なくとも今は。

冷ややかに盃に口をつけた大君を、太妃は黙って見守っていた。やがて、大君が飲み干したのを見計らったように、「いやに冷たい物言いでは？」と微笑んだ。

「おぞましき力を持っていると人々から忌まれる弟を、そなたはことさらかわいがっているでしょうに」

「弟かわいさで春宮に立てたとお思いですか？　まさか。わたしは王だ」

「人の心を意のままに操る二藍を、よりによって非違取り締まりの長官、弾正伊《だんじょうのいん》にしたそなたがなにを今さら」

「だからこそなのですよ。非違取り締まりの地位にあれば、かえって悪さもしない――」

「そういうていで、そなたはあの子を救ったのです。信頼していると示して、責めある立場を与えて。おかげであの子は立ち直った。あんなに荒れていたのに」

「買いかぶり過ぎでは？　わたしは利用できるものを最大限利用しているだけだ」

大君はあくまで穏やかに言い切った。しかし、太妃はくすりとするばかりだ。

「なにを仰ろうと、母には見えておりますよ。此度とて、二藍のためではないと言いつつ、その実、二藍のためになるよう差配したではないですか。そなたは優しい子だから」

「義母君、ですから――」

「せめてあの子が最期《さいご》まで、あの娘と共にいられればよいのに」

太妃は夜闇に浮かぶ梅の白を遠く眺めた。

大君はうまい切り返しを考えようとしたが、やめた。記憶を封じれば、再び太妃は二藍に厳しい目を向けるだろう。だから今だけは、同じやるせなさを素直に抱いていたかった。

第三章　禁苑の野にて想いを分かつ

尾長宮《びちょうぐう》の簀子縁《すのこえん》に座り、綾芽《あやめ》は両手に持った小箱を矯《た》めつ眇《すが》めつしていた。小箱の中には金色の粒。このあいだ見つけた神金丹《しんこんたん》である。

右に左に箱を傾ければ、神金丹は陽《ひ》の光を受けて淡く輝いた。宝玉のように美しいが、どこかぞっとする匂《にお》いが、これは毒だと告げている。

綾芽はこれを佐智《さち》にも見せてみた。でも佐智は、こんなに鼻につく匂いをいっさい感じられないそうだ。だからこの不穏な香りは、神気そのものが放つ気配なのだろう。

確かにこの粒にはどこぞの神ゆらぎが神気を籠《こ》めている。これは神ゆらぎのための薬で、ただびとにとっての毒なのだ。

ただ――残念ながら、今のところわかるのはそれだけだった。

(二藍《ふたあい》が戻ってくるまでに、少しでも手がかりを摑《つか》みたいんだけど)

相変わらず二藍は多忙で、朝から綾芽をおいて、大君《おおきみ》の居所《きょしょ》・鶏冠宮《けいかんぐう》へ参じている。

移動の際に目隠しをさせられるうえ、貴族の好奇と疑念の目にさらされる鶏冠宮に、二藍は綾芽を連れていきたがらない。綾芽自身は一緒に行って、貴族たちを威嚇《いかく》してやりたいくらいだが、二藍の気持ちもわかるから、なにも言えなかった。

せめて愚痴でもなんでも打ち明けて、楽になってくれたらいいのにと思う。でも二藍は、笑うばかりで、そんなこと一言も綾芽には言わなかった。

とにかく気ままな留守居役をさせてもらっている以上、なにか成果がほしい。この薬に籠められた神気の主《ぬし》がわかれば、一番嬉しいのだが。

視界の端でちらりと影が揺れた。顔をあげれば、二藍が渡殿《わたどの》をやってくるところだった。

二藍は顔に疲労をにじませていたが、綾芽が見ていることに気づくやいなや、打って変わって微笑を浮かべた。

「どうだ。神金丹のこと、なにかわかったか?」

「いやまだ……というか、今日は帰りが早いな。お疲れさま」

「たいして疲れていない。珍しく、上奏《じょうそう》されるもめごとがすくなかったのでな」

二藍は笑うと、綾芽のすぐ隣に腰をおろした。

「それが神金丹だな。どれ。わたしにも見せてみろ」

軽い仕草で神金丹に顔を近づけようとするので、綾芽は急いで小箱ごと持ちあげて、できるかぎり二藍から遠ざけた。

「なんだ、見せてくれないのか？」

「そんな近くではだめだ。まかり間違って効いたらどうする」

「まかり間違っては効かないだろう。飲まない限り」

「なにかのはずみで口に飛びこむかもしれない。例えばほら、急に稲縄《いねただ》さまに雷を落とさされてびっくりするとかして」

二藍の大祖父であり、かつ怨霊《おんりょう》である男の名をだすと、二藍は思わせぶりな顔をした。

「稲縄さま？　そういえばあの方は最近、妙に鎮《しず》まっておられるな。お前、なにか言っただろう」

「いや、まさか」

綾芽は慌《あわ》ててごまかした。

斎庭《ゆにわ》には神々のみならず、かつて人だったもの――怨霊もやってくる。死してなお、恨《うら》み辛《つら》みを忘れられなかった者のなれ果てで、稲縄もそんな哀《あわ》れなひとりだ。二藍の母方の祖父に政争で敗れ、その恨みを引きずっている。

ついせんじつまで稲縄は、ふらりと斎庭に姿を現しては、恨んだ男の血をひく二藍をねちねちといじめるわ、憤《いきどお》りのままに雷を落とすわ、好き放題やっていた。

しかし最近はさっぱり姿を見せていない。二藍の命の危機が当分去ったからだろう、と綾芽は見当をつけている。

あの怨霊は、本当は二藍が心配でたまらないのだ。二藍は、稲縄が恨んだ男の血だけでなく、愛した妹の血も引いているから。

でもそのねじれた愛情のことは黙っておくと約束したので、二藍には当然言えなかった。

「とにかく！　だめだと言ったらだめなんだ」

料紙《りょうし》ごと箱にしまいこむ。絶対奪われないように懐《ふところ》に入れて背を丸めると、それまで不服そうだった二藍は笑いだした。

「なんで笑うんだ」

「いや、お前はかわいらしいな」

「まるで童《わらわ》のようだという意味だな？」

「なんだ、かわいらしいは不満か？　ならば美しいと言おうか」

「……さすが二藍さまは、女官の喜ぶ言葉を心得ていらっしゃる」

綾芽が唇を尖《とが》らせると、二藍は扇《おうぎ》の向こうで目を細めた。

「本気で言っているのだ。照れるのはわかるが、そろそろ素直に受けとればどうだ」

どうだかな、と綾芽は思った。二藍の心はわかりにくい。口はなめらかだが、大事なところはいつもはぐらかしてしまう。

「それでどうだった。神気の主はわかったか」

二藍はようやく円座に落ち着いた。どうやら、神金丹を調べるのは諦《あきら》めてくれたらしい。

「だめだな。神気が籠もっているのはなんとなくわかるんだ。でも誰のものかは全然」

「そうか、残念だ。いや、お前はよくやった」

ありがとう、と綾芽は口の中でつぶやいた。いたわってもらうと、かえって悔しい。

いまや兜坂《とさか》の神ゆらぎは二藍だけだから、神金丹に神気を籠めたのは他国の者なのは間違いない。なんとかどこの国の者かくらいでもわかれば、石黄《せきおう》に力を貸した者の正体がはっきりするかもしれなかったが、残念ながら難しそうだった。

「しかし、いったい誰がどんな目的で、石黄に神金丹を渡したのだろうな」

二藍は閉じた扇をこめかみに寄せ、考えこんでいる。

「なあ。この薬って、どのくらい効き目がもつのかな」

「八杷島《やはじま》の書物には数年はもつとあったが……お前も原文を見ただろう」

苦々しい口調に、綾芽は小さくうんと返した。

結局二藍は書物を貸してくれた。それで佐智に読んでもらったのだ。隣国である八杷の言葉は兜坂のものと似ている。細部が違うだけでそう難しいものではないらしい。

でも二藍が先日言ったとおり、読んだところで二藍を救う手がかりは見つからなかった。

「一応確認したかったんだ。となるとやっぱり、この薬に神気を籠めたのは玉央《ぎょくおう》の神ゆらぎなのかな。玉央が交易品にまぎれこませて、権中納言《ごんのちゅうなごん》を介して渡したのかもしれない」

「その可能性もあるが――」

二藍は考えこんだ表情のまま、とつ、と扇で膝《ひざ》を叩《たた》いた。

「由羅《ゆら》を覚えているか」

「由羅?」

綾芽は瞬《まばた》いた。

由羅。忘れもしない、かつての同室《どうしつ》だった采女《うねめ》である。素朴で優しい風貌。引っこみ思案で遠慮がちに笑う。でも、綾芽と二藍が仲違《なかたが》いするよう画策《かくさく》していた。結局それを二藍に咎《とが》められ、斎庭より追放されたのだ。

しかしあとから不可解なことがわかった。里に問い合わせたところ、『由羅』という名の娘はとっくに死んだというのである。

だとすると綾芽の同室だったあの娘は、誰だったのだろう?

「……もしやあなたはあの由羅が、神金丹に神気を籠めて、石黄に渡していたと考えているのか?」

「わからぬ。だがあの娘は少なくとも、死んだ娘に成り代わっていた。各邦に定員がある采女は、女嬬《にょじゅ》と違って審査も厳格だ。一族を代表して入庭《にゅうてい》している娘ばかりだろう」

「それをくぐり抜けるには、顔を本当の由羅に似せ、ときには国司や郡領を騙《だま》す必要がある。つまりは心術を使っていたんじゃないかと、あなたは考えるわけだな」

二藍は黙ってうなずいた。

「そうか……」

綾芽の心は複雑だった。綾芽は結局、由羅とは上辺の付き合いしかできなかった。あの子はすべてを偽《いつわ》っていた。綾芽をおとしめ、おそらくは二藍の周辺を探るために利用しようとしていたのだ。

「もしあの子が玉央の者だったのなら、今どこを探しても見つからないのも道理だ。きっと交易《こうえき》の船に乗り、逃げ帰ってしまったんだろう」

「だとよいが。……どちらにせよ黄《き》の邦《くに》の問題が落ち着いたら、そのあたりも含めて調べねばならぬな」

まこと、謎《なぞ》ばかりが増えていく。

二藍は呟《つぶや》いた。その肩に、疲労がふり積もっているのがわかる。

綾芽はふいに、ゆっくりするべきだという鮎名《あゆな》の言葉を思い出した。

このあいだ流れてしまった夕餉《ゆうげ》に、誘ってみようかと思った。今宵《こよい》でなくともいい。夕餉でなくとも、わずかな合間でも。二藍が肩の力を抜いて休めるように。楽しい話をして、心安らぐように。

でも綾芽が口をひらくより先に、二藍は言った。

「だがまずは大風のことだ。文書院《もんじょいん》の女官らは役目を終えたようだ。尚 侍《ないしのかみ》も今なら参上できると申しているから、早くまとめてしまいたい。明日から地図づくりを頼めるか」

綾芽は口をあけて、とじる。結局、笑みを浮かべてうなずいた。

「任せてくれ」

いかにも自信に満ちているように胸を張る。少しでも二藍を安心させたかった。

尾長宮の渡殿を、ぱたぱたと常子《つねこ》が小走りでやってくる。手には冊子《さっし》を抱《かか》えていた。南廂《みなみびさし》で紙を広げた綾芽の前で立ちどまり、膝をつく。

「綾《あや》の君、こちらの文籍はもう文書院に戻してしまいますが、よろしいでしょうか」

綾芽は筆をとめ、眉間《みけん》に皺《しわ》を寄せて常子を見あげた。

「『綾芽』とお呼びください、常子さま」

常子も眉をひそめて綾芽を見やる。しばらくそうして無言の主張を互いに繰りひろげたが、結局常子は諦めたように言った。

「……わかりましたよ、綾芽。戻しておきますね」

綾芽は、よろしくお願いしますと笑みを返した。

ここ数日、二藍が外庭《とつにわ》にいっている間、綾芽はずっとこの常子と、大風の記録を整理していた。文書院の女官が選《え》りぬいた巻子《かんす》やら冊子やら公文書の束やらから、ひとつの大風の記録を集める。つぎはぎして、大風の辿《たど》ってきた道のりを地図の上に浮かびあがらせる。その繰り返しである。

記述探しの部分はすでに、優秀な書司《ふみのつかさ》の女官らがこなしてくれたとはいえ、なかなか骨の折れる作業だった。

だからこそ、忙しい合間を縫って手を貸してくれる常子の存在が心強い。学者を多く輩出した家の出らしく、さまざまな地方の風土や歴史に詳しい常子は、いつも冷静な助言をくれる。

ただ、ひとつだけ困ることがあった。歩く律令《りつりょう》とも呼ばれる常子は、当然のように綾芽も妃扱いしようとするのだ。

綾芽としては勘弁してほしかった。常子の言い分が正しいのはわかっているのだが、せめて先輩女官として敬わせてほしい。そう頼んでいたのである。

常子は渋っていたが、この頃ようやく綾芽がいかに頑固か悟ったようだった。それでもこうやって、ふとしたときに呼び名を戻そうとするので気が抜けない。

空の箱に巻子を移しながら、常子は不服そうだ。

「どうしても敬称で呼ばせないつもりですね。あなたは春宮妃《はるのみやひ》なのに」

「入庭したての、ただの女嬬でもあります」

「そんなの、一度尊き御方の思《おぼ》し召しに適《かな》えば関係ないのですよ。あなたを敬わないのは、ひいては春宮への失礼にあたるとおわかりですか？」

「二藍さまはお許しくださいました」

「あの御方ご自身が、信を置かれた者に気安くされるのがお好きですからね。まこと、変わっていらっしゃる。あなたはまだしも、佐智の口ぶりを聞いていると虫酸が走ります」

綾芽は笑った。確かに常子は、佐智の『あんた』呼ばわりは我慢ならないだろう。

「二藍さまは、本当は常子さまにも気安く話しかけてほしがっていらっしゃいますよ」

「そんな真似、できるものですか」

常子は苦虫を嚙みつぶしたような顔をして、文箱《ふばこ》の蓋《ふた》を閉めた。「誰もが気安くするのがよいわけではないのですよ。上に立つ御方は、好かれればよいものでもございません。二藍さまにはっきり意見を申しあげる者であるために、わたしは今のまま遠くより、堅苦しく頭《こうべ》を垂れさせていただきます」

　さらりと言った常子に、綾芽は感心した。確かに、誰からも好かれる者などいない。いるとしたら無関心の裏返しだ。少し離れたところから冷静に、あえて厳しいことを言ってくれる者は、友と同じくらい得がたく尊い。

「常子さまのような方がいてくださってよかった。二藍さまは、きっと心強く思われてますよ」

「他でもないあなたに言われると、なんと返してよいものやら」

　常子は頰《ほお》をわずかに緩《ゆる》めたが、衣擦《きぬず》れの音を響かせ綾芽の向かいに座り直した。

「さて、無駄話はよしましょう。どうやら二藍さまの仰《おつしや》ったとおりのようですね」

　ええ、と綾芽も、自《みずか》らの前に広げた大きな紙に目を落とした。

　兜坂国と、その周辺の地図だ。

　まずは環《めぐりのうみ》海の東に浮かぶ、胸を張った雄鶏《おんどり》の形。これが兜坂である。海を隔《へだ》てた西方には、巨大な玉盤《ぎよくばん》大島の一部が描かれている。大島の東の海には、兜坂の他にも亜馬島《あまじま》、八杷島、杯塵《はいじん》、妙勝《みようしよう》と、大小の島国が点在する。そこに綾芽と常子は、大風の道をいくつも描きこんでいた。

　二藍の指摘どおり、黄の邦の周辺を訪れる大風は、おおむね三つの道のどれかを通る。

南や西からの道は大きく逸《そ》れることがある一方で、北西からの道は安定していた。

「二藍さまは、大風がこの北西の道を通るよう招こうとなさっているんですね」

描きいれた線を指でなぞると、ええ、と常子は言った。

確かにこの道は悪くないように見える。

あまり逸れないから、他の邦に思わぬ被害をだすこともなく、黄の邦だけ対策すれば済む。この道を通るのが夏の大風ばかりなのも都合がよかった。神招きとはあくまで、『神』という名の態の偏《かたよ》りを少々操作するものにすぎないから、そもそもまったく通らない道に勧請《かんじょう》しても失敗する。この図を見るに、夏は二つにひとつの大風が、この北西の道を通る。斎庭は後押しするだけで済みそうだ。

しかし、懸念《けねん》がないわけではない。

道をたどる綾芽の指が、海の真ん中でとまる。

指を離すと、そこには小さな島。

『八杷島国』と書いてあった。

そう、この勧請にはひとつ問題がある。玉盤の大島と兜坂の間、環海に浮かぶ島国・八杷島の上を、大風がかならず通るのである。

「花将《かしょう》のみなさまが案じていらっしゃるのは、この八杷島のことですね」

常子はうなずいた。

「大風神は、小さな島には耐えがたい嵐をもたらす荒れ神。こちらの都合だけで、勝手に勧請できるものではありません」

「もし勝手に呼んだら？」

「諍《いさか》いとなります。玉央と危うい関係の今こそ、八杷島と争うわけにはいかないのに」

八杷島は小さな島だ。一日でぐるりと歩いてまわれるくらいの周囲しかない。しかし兜坂を含めた東の島国と、玉盤大島を繋《つな》ぐ要衝《ようしよう》で、どの国も無視ができない存在だった。

とくに、環海を玉盤大島から東に渡ろうとする船で、八杷島に立ち寄らないものはほとんどない。理由は二つ。交易や補給のためと――神招きのためである。

東の海は荒れやすい。星見が盛んな玉盤大島では、海の上で迷うことはあまりなく、航海技術も充分ある。しかし洋上の嵐だけは、星見と技術では避けられなかった。それでみな、八杷島王の神招きに頼る。

八杷島の祭王が招き、祀《まつ》るのは、海や空の神だ。神招きで機嫌を――つまりは凪《な》ぐのか荒れるのかを――推《お》しはかる。天候の予測をするのだ。交易船の綱首《せんちよう》や使節の大使らは、大枚をはたいて結果を聞き、出航するか留まるかを決める。

小さな八杷島の朝廷が、兜坂の外庭に負けないほどの富を得ているのは、ひとえにこの神招きのおかげであった。

兜坂国は今、この八杷島と揉《も》めるわけにはいかない。八杷島は現状、玉央と兜坂、どちらにも恭順を示しつつ、一定の距離を保っている。しかしその天秤《てんびん》が玉央に傾けば、兜坂はたちまち苦境に陥《おちい》るだろう。

玉央は今まで、労多くして功少なしと、環海を越えねばならない兜坂への派兵は控えていた。斎庭に揺さぶりをかけ、兵を喪《うしな》わず兜坂を手に入れようと画策《かくさく》するばかりだった。

だが八杷島が玉央についたら、その情勢も破られる。

「とはいっても黄の邦のために、どうしても大風をこの道に通さなければならないですよね。どうするんでしょうか」

「八杷島に正面から頼むほかございませんでしょうね。ただ、八杷島が、自分たちの上を大風が通るのをはいどうぞと許すとは――」

「許してもらわねばなるまいな、どのような手を使っても」

声がして振り返れば、二藍が目隠しの帯をぶらぶらと揺らしながらやってくるところだった。目を隠さねばならない場所ということは、大君の鶏冠宮からの帰りだろう。

とっさに頭をさげた常子を横目に、綾芽は二藍に問い返す。

「なにか、よいお考えをお持ちなのか？」

「それなりの筋から、それなりの用意をもって交渉するつもりだ。少々の金銀や絹を積むのは構わない。それで黄の邦が飢えずに済むなら安いものだ」

「……それなりの筋？」

二藍には、交渉のあてがあるのだろうか。

「十櫛《とくし》王子にお会いになるのですね」

常子の問いかけに、二藍はうなずいた。綾芽が首を傾《かし》げると、常子が説明してくれる。

「兜坂には、八杷島王族の人質がいるのです。人質とはいっても、あちらが勝手に送ってきたようなもので、我々は客人として遇しておりますが」

「え、そんな御方がいるんですか？」

綾芽が驚いていると、二藍が言い添えた。

「八杷島に相談がある場合は、いきなり国書を送るより、十櫛を通した方が確実だな」

それから二藍は、綾芽が広げた地図に目を通し、にこりと笑った。

「よくまとまっている。苦労をかけたな」

地図をくるりと巻いて、袍《ほう》のひらいたところにさしこむ。

「またどこかに出かけられるのか？」

綾芽は慌てて訊《き》いた。ようやく戻ってきたと思ったのに。

「大君がこの件についてお尋《たず》ねになるそうだ。ちょうどよいから、この地図を土産《みやげ》に参内《さんだい》いたそうと思う。できれば」

と常子を見やる。「尚　侍《ないしのかみ》も同行してくれると嬉しいが」

「お供いたします」

常子は散らばった紙や冊子をてきぱきと拾い集め、奥の室《へや》へ片付けに去った。

「なあ二藍——」

「十櫛には会わせぬぞ」

先に釘を刺されて、綾芽は頰をふくらませた。

「なぜだ」

「お前はきっと、まったく関係ないことを訊こうとするだろう」

「なにがいけないんだ。逆に八杷島出身のお方がいらっしゃると、今までどうして教えてくれなかった。八杷島は、玉盤神との付き合いが長い、古い国だろう。神金丹について書かれた書物だって八杷島のものだった。その国の方なら、神ゆらぎのこともよく知っているかもしれない。あなたの——」

「勘違いするな、綾芽」

思わぬ厳しい声に、綾芽は言葉につまった。

「今は黄の邦を救わねばならぬ。十櫛とは、大風のこと以外に交渉するつもりも余地もない。わたしたちが、なんのためにこの斎庭に暮らしているのか忘れるな。民《たみ》のための責務を果たすことより、自らの欲の方が大事になってしまうようでは官人として失格だ」

「……わかってる」

綾芽は黙りこんだ。確かに二藍の言うとおりだ。わかっている。わかってはいるけれど。

二藍はしばらく綾芽を眺めていたが、やがて袖のうちから小さな包みを取りだした。

「手をだせ」

広げた掌《てのひら》に、包みを載《の》せられる。たぶん搗栗《かちぐり》だ。

「くれるのか？」

綾芽がぼそりと尋ねると、いや、と二藍は笑った。

「これは猫の餌《えさ》だ。人のものではない。そろそろ腹が減った黒白《くろしろ》が騒ぎだす。そうしたらやってくれ」

「あ、うん……」

黒白は二藍が飼っている猫だった。ほんのすこし落胆していると、二藍はしゃがんで綾芽と目を合わせ、微笑を浮かべた。

「無論、お前の分もある」

もったいぶった仕草でもう一つ、小さな包みを綾芽の掌に置く。

「……搗栗だな」

「いや。膳 司《かしわでのつかさ》に用意させた蘇《そ》だ」

「え、蘇？」

萎《しお》れていた綾芽の顔が、わずかに輝いた。蘇とは牛の乳を固めたものである。斎庭に来て初めて味わった信じられない甘さに、綾芽はたちまち虜《とりこ》になっていた。

「お前が好んでいると佐智に聞いたのだが、本当らしいな。よかった」

二藍は優しい顔をしている。綾芽は嬉しいような悔しいような気分になったが、最後には二藍の思いやりを受けとった。

「本当は一緒に食べようと思っていたのだが……大君に呼ばれてしまえば仕方ない」

立ちあがり際《ぎわ》、二藍はぽつりとこぼした。でも綾芽がなにか言う間もなく、袖を払って去っていった。


次の日も、二藍は綾芽を置いて鶏冠宮に向かった。綾芽は朝の雑用をひととおり終えると、ぼうっと柱に背を預け、餌を食べる黒白を見やっていた。

甘え上手の黒白は、綾芽の足に頭をこすりつけ、きらきらとした目で餌を促《うなが》した。そうされると、つい甘やかしてしまいたくなる。

こんなふうにわがままを言えたなら、二藍も綾芽の願いを聞きいれてくれるのだろうか。

頭を振って室に戻った。先日新しく鮎名《あゆな》に借りた冊子を几《つくえ》に並べる。

玉盤神が兜坂を訪れるようになって百年ちかく。そのすべての訪れが、兜坂では詳細に記されて残っている。綾芽はそのうち、いくつかを鮎名に頼んで貸してもらった。

先日から、どうも気になっていることがある。点定《てんじょう》の儀を行う玉盤神――点定神。少なくとも二柱《ふたはしら》いるという話だった。

昨年までやってきていたのは、玉盤大島の北東、亜馬島周辺の装束《しょうぞく》を着た男神《おとこがみ》。

今年訪れたのは玉盤大島の南、滅びた西沙《せいさ》の冠を戴《いただ》く女神《おんながみ》。

ふと疑問に思ったのだ。

(なぜ、さまざまな国の格好をした玉盤神がいるんだ?)

玉盤神はそもそも、玉央の前に玉盤大島で隆盛を誇った国・斗涼《とりょう》が祀っていた神だった。ならば普通に考えれば、みな斗涼や玉央の装束に身を包んでいる気がするが。

冊子を紐解《ひもと》いていけば、今まで現れた十あまりの玉盤神について、それぞれの記述が見つかった。特徴も詳細に書かれている。やはり玉盤大島周辺、各国の装束の神がいるようだ。顔つきなども神によってかなり違う。

玉盤神は、自らを祀っている各国の民――それも高位の官人や貴族、姫の風貌をしているのだ。見た限りは、兜坂の民の姿をした神はいないようだが。

(それに……そうだ。もっとおかしなことがある)

兜坂の神は、神位が高くなるほど顔がわからなくなる。身から発する神光《しんこう》が、目鼻立ちを隠してしまうのだ。そもそも最初から、人のような目鼻はないのだという者もいる。人の姿をしているが、人の姿では到底表せない存在、それが神なのだと。

だが玉盤の神は、滅国《めっこく》を宣言できるほど強大な力を持つわりに、神光を発さない。感情がいっさい感じられない以外は、ほとんど人にしか見えない。

なぜだ?

綾芽はひとしきり悩み、幾度も冊子をめくった。しかし納得のいく答えは見つからなかった。

数十年も昔に、斎庭は八杷島の祭官にその問いを仰いでいる。

八杷島の祭官曰《いわ》く、玉盤神にさまざまな民の形がいるのは、多くの国で奉じられる証左であるという。神光を発しないのは、理《ことわり》の神であるから。

(それ以上の意味はない、か……)

にわかには納得できなかったが、そうなのだろうと思うしかなかった。――他でもない、八杷島の祭官が言うならば。

八杷島の祭官一族ほど、玉盤神を知り尽くした者はいない。あの滅びた大国、斗涼に連なる人々だからだ。

斗涼は長く、玉盤大島の盟主だった。大小の国々がしのぎを削り、血で血を洗う玉盤大島で権勢を誇っていられたのは、神祇《じんぎ》の才に優れていたからだと言われている。玉盤神の定めた法をうまく利用して、他国を滅ぼしたのも一度や二度ではない。

しかしそんな斗涼も、新興の玉央に一度の隙《すき》を衝《つ》かれて滅んだ。滅亡の際にわずかに生き残った王族がたどりついたのが八杷島で、八杷島の王に仕《つか》える祭官らは、その末裔《まつえい》だと伝えられている。

綾芽は力なく冊子を閉じてから、ふと不安になった。

(わたしたちもいつか、兜坂の民の姿をした神と相対《あいたい》しなきゃいけないんだろうか)

兜坂風の玉盤神が現れたという記録はない。でもまだ来ていないだけで、今回の点定神のように、ふいに現れることも充分に考えられる。

どこまでも人に似ていて、しかしただの理。目に馴染《なじ》んだ風貌で現れたら、うまく自分の心を律せないかもしれない。神命《しんめい》を、跳ね返せないかもしれない。

決して抗《あらが》えないとされる神の命令、神命。

綾芽はなぜかそれを拒絶して、神にもの申せる力を得た。でも、なにもせずとも跳ね返せるわけではない。くじけずに立ち向かうことが必要なのだ。

石黄の事件のときだってそうだった。

石黄の陰謀を打ち砕く、最後にして最大の壁は玉盤神だった。玉盤神の一柱《ひとはしら》、記神《きしん》は、兜坂に滅国を命じんとしたのだ。大君や鮎名すら逆らえないなか、綾芽は必死に立ち向かった。

でも玉盤神は恐ろしいものだった。諦《あきら》めろと何度も命じ、綾芽の意志を押しつぶそうとした。辛くて苦しくて、もう諦めてしまおうかと思った。実際もう少しで、いっさいを投げていただろう。二藍が一言、「諦めるな」と背を支えてくれなければ。

――なのに。

綾芽は几に頰を押しつけた。

「あなたは諦めようとしているな、二藍……」

いや、違う。本当は綾芽だって、二藍が諦めつつあるわけではないとはわかっている。二藍は決して諦めてはいない。綾芽や、大君や、国の皆々の幸せをなんとかして摑もうとしている。ただ二藍は、みなの幸せのために、自分の幸せを後回しにしているだけだ。

その選択は冷静で、だからこそ正しい。荒れ神を前に、鮎名が犠牲を厭《いと》わず祭礼を進めるのと同じ。

少数を犠牲にみなを救う。そんな選択をし続けているのが斎庭で、国だ。

（二藍は言わないけど、今回だって、多少の犠牲は覚悟しているに違いないんだ）

大風をうまく呼びこみ、水を得て、豊作にまで導いたとしても、点定神自体に対処するすべはない。あの神はかならず稲を奪っていく。青々と茂った稲を一夜で枯れ色にする。仕方ないのだ。妃宮や二藍だって、打つ手がないことには諦めるしかない。そこにあるもので満足するしかない。

でも。

でも、と考えてしまう。どうしても。

門の方で声がした。誰かが尾長宮を訪ねてきたらしい。誰だろうと思いつつ、綾芽は女嬬としての体裁《ていさい》を調《ととの》えて応対に向かった。

「こんにちは。二藍さまにお目通りを願いたいんだけれど」

門のところで待っていたのは女舎人《おんなとねり》で、千古《ちこ》と名乗った。

庶民が務める衛士《えじ》とは違い、それなりの家から任じられるのが舎人である。斎庭の女舎人は、明るい色の袍《ほう》の下に、女装束を着ている。

でも綾芽が思わず目を留めたのは、千古が立派な弓を背負っていることだった。

「二藍さまは今お出かけになっておられます」

綾芽が女嬬として話しかけると、「ああどうも。知ってるよ」と千古は微笑んだ。

「でもきっと、もうすぐお帰りだろう。それまで待たせてほしいんだ。まさかわたしが今日挨拶《あいさつ》に来るとは思っていらっしゃらないだろう。びっくりされるかな」

千古は『びっくりされる』二藍を想像したのか、楽しそうだ。

ものすごい美人だと綾芽は思った。顔かたちというより、そのありようが。背がまっすぐに伸びていて、己《おのれ》に対する清々《すがすが》しい自信が溢れている。

（誰なんだ）

なぜか胸がざわついた。

「あなたは今の二藍さま付きの女嬬？　いつから務めているの？」

庭に通す間も、千古は人なつこく話しかけてくる。

「かわいらしい顔つきだね。今までにない方向性だ。なるほどなるほど」

ひとりで納得している。悪気はなさそうだが、綾芽はその物言いが気になった。

「あの、どういう意味でしょうか」

「いやごめん、あなたみたいな女嬬をおそばに置かれるの、二藍さまにしては珍しいから。もっと派手な感じがお好みだと思っていたんだ。佐智さまとか、妃宮とか。でも本当は、あなたみたいなのがお好きなのかなって思って。……つかぬことを訊くけど、もしかしてあなた、あの方の愛妾《あいしょう》？」

「違います！」

綾芽はとっさに叫んで飛び退《の》いた。だが、千古に悪びれた様子はなかった。

「そうか、そうだよな。ごめん忘れて」

軽く謝ると、さっさと庭に座って弓の手入れを始める。綾芽は閉口して、でも見知らぬ客人から目を離すわけにもいかないし、それに疑問を腹のうちに留《とど》めておけもせず、千古のそばに立っていた。

「あの、千古さま」

「なに？」

「あなたも二藍さま付きでいらっしゃったのですか？」

「いやいや、わたしは根っからの舎人だよ。父も兄たちも、母も昔は舎人だった。だからわたしも迷うことなく舎人になった。目標は大きく、斎庭中将《ゆにわのちゅうじょう》！　わたしの身分だと厳しいけどね。でも入庭したときから、絶対成りあがってみせるって誓ってるんだ」

さばさばと言いながら、弓を引き絞って鳴らしてみせる。綾芽は思わず背を伸ばした。あっさり引いたように見えたが、千古の身体はまったくぶれていない。

「相当の弓の名手とお見受けしました」

「すごいな。わかる？　あれ、でもあなた衛士じゃあないよね」

「少しだけ弓の心得があるんです」

顔が熱くなる。本当は弓の心得なんてない。ただの自己流だ。

「ふうん、そうなのか。じゃああの方は、武人がお嫌いってわけでもないのか。ますます謎だな。やっぱり顔かな」

千古はよくわからないことを言いながら、見とれるほど美しく弓を引く。綾芽はだんだん不安になってきた。

「二藍さまとお親しいのですか？　ご一緒される機会があったとか？」

舎人は普通、妃宮か大君、または太妃《たいひ》のいる天梅院《てんばいいん》に属する。二藍は弾正台《だんじょうだい》の長官だったが、千古は弾正台の武官ではない。神招きの際にでも知遇を得たのだろうか。

「まあね」

千古は鋭く弓をはじいたあと、にこにこと振り向いた。「わたしはあの方のお気に入りだから」

「お気に入り？」

ぽかんと繰り返したとき、先触れが二藍の帰宮を告げる。千古は「いらっしゃった」と明るく声をあげ、綾芽をおいて門に走った。

「ちょっと」

綾芽も急いで駆けようとして、運が悪く沓《くつ》が脱げる。ようやく門にたどりつくと、下馬した二藍の足元に、千古がかしこまっているのが見えた。

「二藍さま、お久しゅうございます。このたびは、大風の神招きという大任をいただき、まことにありがたき幸せです」

千古は頭を地につけ深々と礼をしてから、にこりと微笑んだ。

「もう二度と、お声をかけてもらえぬものかと思っていました。ようやくわたしの魅力に気づいてくださいましたか？」

気安さとは違う、不遜《ふそん》といっていい物言いに、綾芽はぎょっと立ちどまる。しかし二藍は眉をひそめることもなく、どことなく満足そうに言った。

「お前のこれからの働きによる。期待しているぞ」

――なんだそれ。

綾芽は思わず、口の中で呟いた。

「なに。それでやけ食いってわけ？」

山盛りの米を掻きこむ綾芽を、須佐《すさ》は呆《あき》れた様子で見やった。

「別にやけ食いじゃない。おなかがすいてるだけだ」

はあそう、と須佐は頬杖《ほおづえ》をつき、米に添えられた塩をぺろりと舐《な》めた。

膳司《かしわでのつかさ》の一角だが、今は休憩中なのか女官の姿はほぼない。あるのは調理に使う大小の土器《かわらけ》や、種火が燻《いぶ》る竈《かまど》だけである。

「あのねえ、一応言っておくけど、仕方ないっていうか、当たり前でしょ。舎人に弓の腕で勝てるわけないじゃない」

「そうだけど」

綾芽は箸《はし》を置き、水をごくごくと飲み干した。「でもなんというか……悔しくて」

二藍はあの女舎人・千古を、祭礼で重要な役目を果たす者に選んだらしかった。

大君に伺《うかが》いを立てたところ、二藍の案どおりに大風の勧請が行われると決まった。祭礼を差配し、神を迎えて祭文《さいもん》をあげるのは、桃危宮《とうきぐう》の南に妻館《つまだて》を構える高子《たかこ》である。

しかしこの祭礼で重要なのは、祭文より、斎庭に入った大風の神を高子の妻館までこちらの意図のとおりに誘導することだった。

「――大風神が降りたったところから、高子妃の館までに辿る道のりが、そのまま大風が辿る道となる」

二藍は、南の対《たい》の庭に平伏する千古にそう説明した。

「つまり、高子妃の館を黄の邦《くに》に見立て、斎庭全体をこの世と見立てる。そのうえで、こちらで道を定めてしまうわけだ。北西からの道を辿ってもらわねば困るから、大風の神には、まず斎庭北西の天梅院に降りていただく。そこからお前が高子妃の館まで導く。そういう手はずだ」

北西からやってくる大風がほしい。そのために、神を北西から招く。そうすれば後日大風は、同じような経路に沿って黄の邦に至る。そういう仕組みのようだった。

神を誘導するには弓矢、それから五色《ごしき》の米を詰めた円筒土器を用いる。

斎庭は都と同じく、一定の間隔で縦横《じゅうおう》に路《みち》が走る碁盤《ごばん》のようになっている。その路が交わるところに、粘土で作った筒を置いておき、弓で射て割る。そうすると、割れた円筒の方に、大風の神は進むのだという。

「なるほど。簡単ですね」

千古はさらりと言った。きらきらとした大きな瞳に、自信が輝いている。

「そうでもない。割った筒のもとから、次の筒を射貫《いぬ》かねばならないのだ。筒と筒の間はかなりの距離がある。お前たちが鍛錬に使う遠的《とおまと》の二倍ほどだろう」

「そのくらいなら、まったく問題ございません。射通せます」

紅《べに》を塗った唇が、綺麗な三日月を描いていた。その赤さが、綾芽には妙に眩《まぶ》しく映る。

「たいした自信だ」

二藍は笑うと、だが、と身を乗りだした。「大風の神は荒れ神だ。斎庭に降ろした途端、激しい雨風に見舞われる。その中でも射貫《いぬ》けるか？」

「それはなかなか難しい業《わざ》ですね。でもやります。やれるように鍛錬いたしますので。ご心配なきよう」

「ほう。頼もしいな。とにかく一度、弓矢の腕を見せてもらおう。妃宮にご報告せねば」

「今宵《こよい》さっそく、こちらで見ていただけますか？」

千古は小首を傾げ、胸元に手をやった。その艶《つや》めいた仕草に、綾芽は内心どきりとした。

「それは結構。明るいところ、できれば風のあるところがよい。北面の射場を使う」

「承知いたしました」

さっぱりと頭をさげて、千古は退出していった。

千古が去ったあと、綾芽は思いきって尋ねた。

「なあ、その弓を射る務め、わたしじゃだめなのか？」

着替えたのか、単衣《ひとえ》と袴《はかま》に軽く衣《ころも》を羽織って出てきた二藍は、眉をわずかにあげた。

「お前が？　だめに決まっている」

「なぜだ」

綾芽はむっとして尋ねた。あっさりと言い切られて、少し傷ついた気がした。弓矢の腕で、二藍の命を救ったことだってあるのに。

二藍には、綾芽の反応が予想外だったらしい。しばらく黙っていたが、やがて息を吐いて綾芽の肩に手を載せた。

「賢いお前ならわかるだろう。表向き女嬬のお前を、弓矢の腕が問われる神招きに、武官をおいて抜擢《ばってき》したらどうなる。わたしの気に入りの者だけ厚遇されていると思われて、女官の信頼を失う」

——じゃあ千古は気に入りじゃないっていうのか？

口元まででかかった問いを抑え、綾芽は渋々うなずいた。

なんだかむしゃくしゃするが、なぜかはよくわからない。二藍の言は理屈が通っている。だからきっと、自分の弓矢の腕が認められなかったのが不満なのだろう。弓矢の腕だけが、綾芽の人より誇れるところだったから。

勝手なのは理解している。都の武官の家に生まれた千古。その弓を引く姿は美しく、無駄がなかった。

黙りこくった綾芽を、二藍はじっと窺《うかが》った。

「どうした。具合でも悪いのか」

「いや、大丈夫。着替えたってことは、あなたも夕方までゆっくりできるのかな」

綾芽はなんとか自分の中の汚い感情を押しやって笑みを浮かべた。二藍もほっとしたように表情を緩ませる。

「そのつもりだ。……そうだ、久しぶりに手習いを見てやろうか」

「ほんとか？　じゃあお願いしようかな。あ、でもその前に、なにか食べないか？」

斎庭では、起き抜けと昼夕の一日三食が常だ。綾芽はまだ昼餉《ひるげ》を済ませていなかった。

二藍は気まずそうな顔をした。

「すまない、わたしは大君のところでいただいてしまった」

「え、あ、そうなのか……いや大丈夫だ、政務のあとに慰労の饗宴《きょうえん》はつきものだからな。じゃあわたしは須佐のところで、適当に食べてくる」

そうして返事も待たず、綾芽は飛びだしてきたのだった。

「あんたって、ほんとにほんとーに欲張りよね」

と須佐は、わざとらしく語尾を伸ばした。

「いいじゃないの、自分ができることをすれば。あんな麗《うるわ》しい二藍さまのお付きを務めさせていただくだけで幸せでしょ？」

「……まあな」

綾芽は米の最後の一粒を口に入れて、箸を置く。

須佐の言葉はもっともだ。自分ができることをする。そこはぶれてはいけない。なのに、なぜか気になってしまう。今まで鮎名《あゆな》や佐智に対してはこんな焦燥《しょうそう》を抱かなかったのに、おかしなことだった。

「まあ心配なのはわかるけどね。あの千古って舎人、そっちの方面では有名だもの」

塩をぺろりと舐めていた須佐が、気になることを言いだした。

「そっちの方面？」

「あれ、知らないの？　あの人ねえ、ものすごく野望がある人なのよ」

「……そういえば、斎庭中将になりたいって言ってた」

「そう。いくら斎庭では才がものを言うっていっても、あのひとの家柄だと難しい役職よね。で、まっとうに目指している部分もあるけど、そうじゃない手も迷いなく使うのよ」

綾芽は眉を寄せた。

「競争相手の悪口を言って蹴落とすとか、そういうのか？」

須佐は「ちがう」と息を吐くと、ずいと綾芽に寄ってささやいた。

「そんなことしたら斎庭から放りだされるでしょうが。そうじゃなくて、あのひとは女の武器を使うの」

「涙か？」

「馬鹿、身体よ。あのひとねえ、有名なのよ。二藍さまの前で真っ裸になって、愛妾にしてくれって迫ったたって」

綾芽はぽかんと口をあけた。須佐は「信じられないわよね」と口を尖らせる。

「いくら見た目がちょっと美人だからって、美人ならいいわけじゃないのよ。二藍さまのおそばに侍《はべ》るのは、ちゃんと身も心も美しい御方じゃないといけないの。全然わかってないんだから。ねえ――って」

固まったままの綾芽が心配になったのか、須佐は「ちょっと」と眉をひそめて小さな手をひらひらさせた。

「当たり前だけど、二藍さまは手をだされてはいらっしゃらないわよ。そりゃあ、神気の薄い神ゆらぎは愛妾のひとりやふたりいるっていうし、運良く子どもを産ませることもあるらしいけど、あの御方は別。神気がめちゃくちゃ濃い御方だから、愛《いと》しい方がおられても、口すらお吸いになれないいんですって」

おかわいそうに、と須佐は頰に手を当てた。

そのとおりだ、と綾芽はすこし冷静になった。二藍をずるい男と人は言うが、綾芽はそうは思わない。二藍がずるいのは他人のためだ。自分には厳しい。神ゆらぎとしてなにが許されないのか、ちゃんとわかっている。ちょっとやそっと女が寄ってきたからといって、侍らせるようなことはしない。

しかし須佐は、おもむろに顔をしかめた。

「まあでも、こうなってくるとわかんないわね。そう思わない？」

「……なにがわかんないんだ」

「いくら二藍さまだって、お辛いときはあるでしょう。お心をお支えできる美女を求めていらっしゃるはず。死ぬようなことをしなければいいだけだし、千古さまの押しの強さに、そのうちほだされちゃうんじゃないかしら」

綾芽はぐったりとして尾長宮に戻った。やけになってふたり分は食べたのを、今さら後悔する。幼いころから食事に恵まれずに育ったから、胃の腑《ふ》は小さめのはずだ。なのについ掻きこんでしまった。

頭には須佐の言葉が、鉦鼓《しょうこ》を力一杯叩《たた》いたように鳴り響いている。

兜《と》坂の斎庭は女の場だ。だが神招きの場という性質上、既婚《きこん》の女官や男の官人も多いから、外つ国の後宮《こうきゅう》のような、ただひとりの男を取り合う女たちという構図にはなりにくい。

とはいえ、斎庭で働く男——とくに神祇官《じんぎかん》の高官であり、王族でもある神ゆらぎ——に気に入られようとする女は当然いる。神気は人を殺す、ゆえに神ゆらぎは人と交わらない。そう知ってはいても、危険を冒《おか》して取り入ろうとする者はいる。

聞いたときは驚きで言葉もなかったが、じわじわと身体が重くなってきた。綾芽にその発想はなかった。二藍が匂わせないから、考えもしなかった。

でもきっと、そういう女はたくさんいるのだ。千古に限らず。だから綾芽も当初、愛人だのなんだのとありもしない噂《うわさ》を立てられた。

千古は愛妾になって、どうするつもりだったのだろう。取り入って便宜《べんぎ》を図ってもらうのが目的ならば、二藍に殺される気はなかったはずだ。ただそばにいて、支えるつもりだったのか。

(須佐は、どんな美人でもいいわけじゃないって言ったけど)

でも千古は、まぎれもなく美人だ。二藍がよいと思えば、それでいいのだ。

別に構わない。たとえ二藍が美人を侍らせようと、綾芽は気にしない。綾芽に二藍の目を楽しませられるとは思わないし、己の価値は別のところにあるとはわかっている。綾芽にはやるべきことがあるのだ。物申《ものもうし》の力で国を守り、そして二藍を人にする。二藍と綾芽の悲願を叶《かな》える。

悲願を。

重い足を引きずって南の対に向かった。今は二藍と顔を合わせたくないな、などと思っていたのに、いざ空の円座が見えたらがっかりした。

(悲願だろう?　二藍……)

二藍は、手習いの準備をしてくれたようだ。だが本人の姿は消えていた。

几の上に、置き文《ぶみ》がある。

──風がでてきたので急遽《きゆうきよ》、千古の弓矢の腕を見ることになった。ゆえに出かける。北面の射場にいるから、興味があれば来るように。

はじかれたように綾芽は身を翻《ひるがえ》し、自分の室《へや》に駆けこんだ。手箱から、一度も使ったことのない紅をとる。塗りたくって鏡を見やった。すこしは希望を胸に抱いて。

でもそこには、千古の麗しい顔とは似ても似つかない、野暮《やぼ》ったい娘が映っていた。

──なにをやっているんだ、わたしは。

たちまち重苦しい熱が、腹の奥からはいあがる。

いったいなにをやっているのだろう。馬鹿みたいだ。こんなことをしても、なんの意味もないのに。

すぐに冷たい水で顔を洗った。何度も洗って、紅も涙も残さないよう料紙《りようし》できつく拭《ふ》きとった。そのまま褥《しとね》に潜《もぐ》りこむ。頭から衣を被《かぶ》って固く膝を抱いた。

――疲れた。

尾長宮に帰ってきた二藍は、つい息を吐いた。疲れない日などないのだが、今日は本当に疲れていた。もう夜も更《ふ》けた。夕膳《ゆうべのみけ》の祭礼がとっくに終わり、斎庭のほとんどは寝静まっているだろう。

千古の実力を検分するため尾長宮を出たが、それで帰りが遅くなったわけではない。そちらは早々に終わったのだ。弓の腕には問題がなさそうで、それは幸いだった。

遅くなったのは、そのあと外庭で心術を使ったからだ。

異母弟の治部卿宮《じぶきょうのみや》・実常《さねつね》に頼まれてのことだった。人付き合いのよい実常が、式部省《しきぶしょう》の困りごとを密かに引き受けてきたのである。

式部省は、外庭の官人の人事考課をする官庁である。賂《まいない》を得て考課を操作した者がいるから、探してほしいという依頼だった。

式部省の官人と、賄賂《わいろ》を贈っていたと疑わしき官人。しめて幾人に心術を使っただろうか。正直、賂を与えた者くらいはまっとうに探してほしいと思うものの、実常は外庭の中では数少ない、二藍を慕《した》ってくれる者で、なにより弟だ。無下《むげ》にはできなかった。

——綾芽はもう眠っただろうか。

見やれば西の局《つぼね》に灯《あか》りが見える。まだ起きているのかもしれない。

頭痛を気取《けど》られたら厄介《やっかい》なので、数度息を吐いてから、二藍は渡殿に足を踏みいれた。

西には、女嬬の小さな局がある。綾芽が妃としての室ではなく、こちらに籠《こ》もっているときは、集中したいか、具合が悪いか、機嫌が悪いときだ。親友の骨が入っていた甕《かめ》の欠片《かけら》だけを持ち、じっと小さくなっている。

わずかにためらった。でもなんでもないふうを装《よそお》ってふらりと立ち入った。綾芽は褥の上で、衾《ふすま》にした衣を頭から被っている。しかし、寝てはいないようだ。

二藍は静かに尋ねた。

「なぜ昼間、射場にこなかったのだ?」

綾芽は衣を被ったまま動かない。ややして、やはり静かな答えが返ってきた。

「邪魔したら悪い」

むくれているのかと思っていたが、落ちこんでいる声だった。二藍は思わず膝をつき、褥の端から流れ落ちた綾芽の柔らかな髪に触れた。

「邪魔してくれた方がありがたいのだがな。あの娘、弓矢の腕は一流だが、少々困ったところがある」

「抱きつかれでもしたのか」

いや、と二藍は笑ってみせた。

「抱きついてきた者は、さすがにまだいない。急に衣を捨てはじめる女は時おりいるが」

綾芽が身を固くしたのがわかる。二藍はさっぱりとした調子を崩さなかった。

「あの娘がわたしの愛妾になろうとしたと、誰ぞから聞いたのだろう？ おかしなことを考える者もいるのだ。危険を承知で利得を得ようとする。当たり前だが、わたしは意にも介さない。神ゆらぎだからな。それに今は、お前がいる」

綾芽は黙っていたが、やがてもぞりと衣の下で丸くなった。

「……好きにしたらいい。あなたは立派な大人の男だし、わたしはただの友だ」

ふいに二藍は落胆して、それから激しい憤《いきどお》りを覚えた。

なぜこちらを見ない。なぜあえて、ただの友だなどと答える。お前はわたしの妻ではないのか。

――わたしがどれだけ我慢しているのかも知らずに。

そう思ったらつい、言い返すような言葉が口をついた。

「そうだな。お前がいなくなったら考えてもよいかもしれぬ。わたしばかりが我慢することもない」

「美人を侍らせるか」

「そうしようか」

美人。触れられるほど近くにあるこの顔しか浮かばないが。

「癒《い》やしにはなるだろう」

綾芽の返事はなかった。

二藍は奥歯を嚙みしめた。頭痛のせいで、頭の奥が痺《しび》れたように投げやりになっている。床についた自分の手に、力が入ったのがわかる。

――唇を嚙んでやろうか。

一度そう考えたら、それしかない気がした。西方では挨拶に過ぎないという。だったらそのくらい、構わないのではないか。一生で一度くらい、今くらい。

身を乗りだす。衣擦れが響いて、綾芽の上に影が落ちた。

(……できるわけがない)

二藍はちいさく息を吐いて身を離した。なにごともなかったような顔をして扇をひらく。

綾芽はそっと衣を押しやり、ぽつりと言った。

「……嚙んでもよかったのに」

「嚙まぬよ」

二藍は苦く笑って立ちあがった。

綾芽はきっと、唇を触れあわせるくらいなら許されると思っているのだろう。しかし二藍は、それすら叶わないと知っている。加冠《かかん》の年になると、神ゆらぎはその身に叩きこまれる。なにをしたら、どんな結末に終わるのか。

「明日から千古の訓練に付き合え。あれは腕がある。お前も学ぶところがあるだろう」

「わかった」

思ったより素直に綾芽は受けいれた。

「その代わりといったらなんだけど、わたしからもお願いがある」

「だめだ」

「まだなにも言ってない！」

「十櫛に会わせろというのだろう？」

綾芽は身を起こして、揺るがない口調で言った。

「神ゆらぎのことは訊かない。黄の邦のための交渉なのは理解してる。でも顔を繋ぎたいんだ」

「だからだめだと――」

思わず振り向くと、待ち構えていたような瞳とかち合った。しまったと思ったが、もう遅い。

「あなたは、また心術を使っただろう」

図星をつかれ、二藍は言い訳がましく口をひらいた。

「仕方あるまい。外庭の者に頼まれたのだ」

「頼まれたら引き受けるのか？　その力なくてはどうにもならないことだったのか？」

「綾芽、何度も言うが」

二藍は、覚悟を決めて向き直る。いつかこうなることはわかっていた。

「心術を使わなかったからといって、わたしが人になれるわけではない」

「わからないだろう、そんなの」

「わかる。わたしがどれだけこの身を呪ったと思っている？　思いつく限りのことはすべて試した。その結果が今なのだ」

「だからどうにもならないと？　わたしの思いは無駄だと？」

無駄になるだろう。そう心の底では思っている。

綾芽が今思いつく手立てなど、もうとっくの昔に自ら考え抜いている。孤独から逃れようと、どうにか逃れる術《すべ》を見つけようと足掻《あが》いて足掻いて、結局は、人ではない己を受けいれるしかなかったのだ。

「お前の気持ちは嬉しいし、期待もしている。わたしだって、なにも諦めてはない」

「あなたが諦めていないのは知ってるよ」

「だったらいいだろう」

「でも満足してしまっている」

二藍は言葉につまって、やがて呟いた。

「なにが悪い」

満足してなにが悪い。もう苦しみたくない。期待して、期待を押しつぶしてなかったことにして、その繰り返しから抜けだしたくてなにが悪い。

「……あのとき」

綾芽は寂しそうに微笑んだ。

「わたしがあなたを人にする方法を探すって約束したとき、わたしたちは、まったく逆のことを思ったんだな」

二藍は顔をあげた。

息すらとめて、ふたりは見つめあった。張りつめた静寂《せいじゃく》が満ちる。

やがて綾芽は、静かに続けた。

「あのときわたしは、絶対にあなたを救うって決めたんだ。でもあなたは、もうなにもいらないと、足掻くことをやめてしまった。……そうなんだろう？」

二藍は、ただ黙って目を伏せた。

綾芽の傍《かたわ》らに膝をつく。そっと両肩を押さえ、寝かせて衣をかける。

「もう遅い。早く寝るといい」

「あなたはわたしと、眠ってみたくはないのか？」

縋《すが》るような腕を優しく払い、二藍は局をあとにした。

第四章　霧の先にまことの頂《いただき》現る

「くっそ。絶対に考え直させてみせるからな」

綾芽《あやめ》はぶつぶつと呟《つぶや》きながら、大蔵が並ぶ、斎庭の北端を早足で歩いた。

気に入らない。先日の二藍《ふたあい》の言動が、まったくもって気に入らない。

二藍はやっぱりお貴族さま、いや王族さまなのである。泥を啜《すす》っても生きる気概《きがい》が足りない。綺麗に生きて綺麗に死ぬ以外の考えに至らない。

そんなところに立ちどまったまま、むざむざと人生を終えるつもりなのだろうか。本当に、心から満足してしまったとでもいうのだろうか。

とにかく、どうにか十櫛《とくし》王子に会う場に連れていってもらわねば、と綾芽は心に誓った。二藍がどんなに反対しようが、それだけは押しきらねば。

策士をやりこむ手立てに頭をひねる。気を抜けば噴きだす不安に、必死に蓋《ふた》をした。

——こんなとき、あの子ならもっとうまくやるのだろうか。

ふと、今は亡き親友を思う。かつて、里から出るすべもなく諦《あきら》めていた綾芽に、たちまち希望を与えてくれた那緒《なお》ならば、二藍の頑《かたく》なな心も変えられたのかもしれない。

(わたしはどうすればいいんだろうな、那緒)

『そのくらい自分で考えなさいよ』と優しく笑う声が、空《むな》しく脳裏に浮かんで消えた。

やがて北の四比門《しひもん》にたどりついた。門を守る衛士《えじ》に、尾長宮《びちようぐう》の女嬬《にょじゅ》だと証明する符を見せてから、装束《しょうぞく》の帯に小さな籠《かご》をつけてもらう。普段斎庭《ゆにわ》で男の官人がつけている、掌鶏《しょうけい》の入った孤《こ》だ。

四比門は、斎庭の北東を占める広大な王の土地——禁苑《きんえん》へ出入りするための門である。禁苑の北は広く野がひらけ、東には奇《くしげ》の山の奇怪な岩肌が天を衝《つ》く。神の降りる磐座《いわくら》や神《しん》池《ち》、歴代の王の墳墓《ふんぼ》が点在するこの土地へは、外庭《とつにわ》と斎庭の官人ならば入ることが許される。だが出入りは厳しく監視されており、符と掌鶏が必要だった。

何度も符を確認されて、ようやく禁苑の青くひらけた野にでた。

今日、この王の土地に立ち入るのは、千古《ちこ》の訓練を手伝うためである。

このところ、千古は連日禁苑の野に的《まと》を立て、弓矢の腕を磨いている。風が強く、練習にはもってこいなのだそうだ。

——今日は二藍も、千古の腕を見に向かうと言っていたな。

まだ刻《とき》に余裕はあるのに、つい早足になっている自分に気づいて嫌になった。

時おり様子を見にくる二藍に、千古は堂々と自《みずか》らの魅力を主張している。二藍はやんわりとかわしているが、綾芽にはどうしても、二藍は千古のような華やかな女人《にょにん》が好きなのではと思えてならなかった。

都の女。貴族の子女。唇は赤く、きりりと自信に溢《あふ》れて。

──わたしも、二藍好みの女に生まれたかった。

そんなことを一瞬でも思った自分に驚いて、腹が立った。

どうでもいい。二藍が愛妾《あいしょう》を持ちたいなら勝手にすればいい。もう満足だと、綾芽と人生を共にする気が失せつつあるなら、それでもいい。二藍がそう望むのなら。

本当は嫌だけれど、それでいいなんて全然思ってないけれど──。

ふいに藪《やぶ》の向こうでなにか大きな影が動いた。綾芽は慌《あわ》てて、賢木《さかき》の陰に身を潜《ひそ》める。

（狼《おおかみ》か？）

心臓が激しく波打った。近頃、禁苑──とくに東の岩山に、狼の群れが住みついているという。狼は普通人を襲わないが、急に鉢合《はちあ》わせたらどうなるかわからない。飛びかかられたらひとたまりもないだろう。

しかし、

「ああ、いったいどこへいった？」

背の高い草をかきわけているのは、若い男だった。

別の意味で警戒した綾芽だが、男があまりにも困った様子で、なのにいかにも育ちの良さそうなのんびりした雰囲気なので、気になった。

狩りのために肩に切れ目の入った、軽やかな袍《ほう》を着ている。布地はやけに上等だ。掌鶏もつけているし、正規の手段で禁苑に入った公卿《くぎょう》だろう。

「殿、見つかりましたか？」

供の者らしき男が、向こうの藪から叫んだ。男は腰を伸ばし、これまた大声で返す。

「まったくだ！　そちらはどうなのだ」

「こちらも芳《かんば》しくありません！」

「勘弁してくれ。家宝なのだぞ。なんと申し開きすればよいのだ。ああ、お前はもう少し向こうを探してみてくれ。わたしはこちらを探すから」

言うや男は袖《そで》をまくりあげ、草むらに膝《ひざ》をついた。

綾芽はしばし悩んだあと、賢木の陰をでた。

「あの、なにをお探しですか？　お手伝いいたしましょうか」

「うわ」

男は驚いたように顔をあげる。しかし綾芽を見るや、人の好《よ》さそうな顔を輝かせた。

「斎庭の女嬬か？　ああ助かった、手を貸してくれ」

男がなくしたのは伝家の至宝らしい。

「といっても、たいしたものではないのだがね。赤い、このくらいの丸いたまがついた飾りなのだ」

人差し指と親指で輪を作ってみせてから、どこにいったのだろう、と男は眉をよせて草をかきわける。

「たま……玉《ぎょく》ですか？」

「いやいや、珊瑚《さんご》だよ。丸く磨いたものだ。ああ、本当に困った。今日はよい天気だろう？　それで草むらに寝転がって、空に透かして見ていたのだ。そうしたら烏《からす》がやってきてね。まんまと持っていかれてしまった」

「烏に奪われたのですか？」

綾芽は呆《あき》れて手をとめた。だったらこんな草むらを探しても無駄だ。その赤い珊瑚はいまごろ、どこぞの巣の中にある。

そう伝えると、男はがっくりと肩を落とした。

「そうか。そうではないかと薄々は感じていたのだが、やはりそうか……」

「あの、そんなに大切なものなのですか？」

かわいそうになってきて、綾芽はつい尋《たず》ねてしまった。

「いや、どうだろうな。家族がくれたものだから大切にしなければと思っていたが、よく考えれば、なくしたところで大したことはないのかもしれない。実は、あれをくれた家族と会ったこともないのだよ」

「……お亡くなりに？」

生まれてすぐ両親が死んだ綾芽にとっては、人ごととは思えない。

「いや、生まれてすぐに……なんというのか、養子みたいなものにだされてね。物心ついたときにはもう本当の家族と離れていたのだ。どちらかといえば、今世話になっている方々のほうが、はるかに家族に近いな。しかし複雑なのだよ。わたしは所詮《しょせん》、ここでは異物なのだと思うこともある。そういうときにふと、珊瑚を取りだして眺めていた。なにか心の落ち着く先がほしくてね。だがそのせいで烏に奪われるとは」

男は笑って空を見あげる。その明るさがかえって心に迫り、綾芽は男が哀《あわ》れになった。

「お気持ち、お察しいたします」

「そうかい？」

「はい、少しは。わたしも生まれてすぐ親が死んで、養い親に育てられたので。ここにしか居場所はないと思っていたけれど、ここは本当の居場所ではないとも思っていました」

「なるほど。確かに少し似ているな」

男は目を細めて綾芽を見やった。

不思議な色の瞳だと綾芽は思った。昏《くら》い海の色。思わず見つめかえしてしまう。

「……それに優しい。よい娘だ。気に入ったな。斎庭で働いているのか？　名を訊《き》いてもよいか？」

綾芽ははっとして頭をさげた。どうしよう。すこし見つめすぎたかもしれない。でも答えないわけにはいかず、小さな声で告げた。

「春宮《はるのみや》二藍さまの女嬬、梓《あずさ》と申します」

「殿下の？」

聞くや男は苦笑を浮かべた。

「ああ、そうなのか。それではわたしもおいそれと手がだせないな。同じような傷を持つ者同士だ、引き取って、身の回りの世話をしてもらおうかと考えたが」

思わぬ話が飛びだして、綾芽は慌てふためいた。

「ありがたいお言葉をいただいたのに申し訳ございません。でもわたしは、二藍さまに一生お仕《つか》えすると心から決めているのです」

つい早口になる。男は「そんな顔をしないでくれ」と明るく笑った。

「それだけ気に入ったという意味だよ。それだけだ、今はね。しかしそうか、お前は春宮にお仕えする者なのだな。それを聞いて嬉しいよ。ならば、また会えるかもしれない」

それから男はにっこりと海色の目を綾芽に向ける。

「わたしは十櫛。八杷島《やはじま》の王子だ」

「十櫛……さま」

まさかの名前が耳に入り、綾芽は驚きに目を見張った。こんな場所で出会うなんて——。

「探してくれてありがとう、梓。お前のおかげで諦《あきら》めもついた。春宮にどうぞよろしく伝えてくれ」

「お待ちください十櫛さま！」

背を向けようとしていた十櫛を、綾芽は思いきって引き留めた。

「……どうしたのだ？」

「その珊瑚、わたしがかならず探しあてます。どうぞご安心くださいませ」

恩を売るなら、ここしかない。

——綾芽はいったいなにをやっているのだ。

風にもっていかれそうになる狩衣《かりぎぬ》の裾《すそ》を押さえ、二藍は再び背後に目を向けた。やはり人影は見えない。草むらの上を風が荒々しく撫《な》でていくばかりである。

少しの厄介事《やっかいごと》にならなら、うまく対処する娘だと知っている。なにかに巻きこまれたとも思えない。だが、それにしても遅かった。

「探してこようか、二藍さま」

あまりに二藍がうしろを見ているからか、隣に控えた佐智《さち》が呆れた調子で言った。

「いやいい、話を続けろ」

二藍は正面に目を戻し、手を組んだ。

少し先では、千古が風に衣《ころも》をはためかせつつ、的《まと》に矢を射かけている。このくらいの風なら、見通しがよいこともあってほとんど当たる。しかし実際の祭礼では、風だけでなく横殴《よこなぐ》りの雨も伴うから、まだ鍛錬が必要だろう。

「じゃあ報告するけど、石黄《せきおう》と文《ふみ》をやりとりしてたのは、権中納言《ごんのちゅうなごん》で確定だね。しょっちゅう権中納言と集まっていた貴族の数人も、仲間かもしれないな」

「仲間か。その中に、権中納言より官職の高い者はいるか？」

「さきの大納言がよく宴《うたげ》に来てたってさ。まあ、一年くらい前に老衰で死んだけどね」

「……ならば、もともと一味をまとめていたのは、さきの大納言だったのかもしれぬな」

「かもね。権中納言は陰謀の旗頭《はたがしら》になれるような器《うつわ》じゃないし」

そのとおりだと二藍は思った。外庭にゆけば、権中納言はまるで二藍の目から逃れるように身を隠す。

「近頃、権中納言が玉央《ぎょくおう》とやりとりしている気配はあったか?」

「全然まったく。それどころかあの男、怯《おび》えたみたいにこそこそしてるって噂だよ」

「となると権中納言らは、すでに玉央に見捨てられたのかもしれぬな」

「だね。さきの大納言と石黄亡き今、玉央としてもあいつを手なずける意味はないんだ」

「それがわかっているから、権中納言は慌てて鈴《すず》を使って斎庭の内情を集めていた。しかしそれも頓挫《とんざ》し、進退窮《きわ》まったたか」

薄々考えていた状況だったが、二藍は少々落胆した。これでは権中納言を捕らえても、たいした情報は得られないだろう。

颪に暴れる髪を振り払い、気を取り直す。

「とはいえ我らは、権中納言を捕らえねばならぬ。彼奴《きやつ》らが掠《かす》め取っただろう、船来の文物のありかはわかったか」

「まだ見つからないねえ。でも」

と、佐智は思い出したように、難しい顔をした。

「……そういえば、石黄の神金丹《しんこんたん》を奪った者だけどさ」

「なにかわかったのか」

「うん、塀《へい》を越えて斎庭に入ってきた男を、衛士が見てる」

思わぬ話に、二藍は佐智に向き直った。

「見ていた者がいるのか？　ならば捕らえられるかも――」

「無理だね。都の端で死体が見つかったんだってさ。検非違使《けびいし》から聞いた特徴そっくりだったんで、衛士を連れて確認してきたよ。確かにその男だった」

「……口封じされたか」

つまりこの線からはもう、奪われた神金丹のゆくえは摑《つか》めない。斎庭の外で殺されたのなら、二藍に打てる手はほとんどない。

急に二藍が袍の袖を抜き、弓をとって歩きだしたので、佐智はあれ、という顔をした。

「あんたも弓を引くのかい」

「そうでもせねばやってられん」

なるほど、と佐智はにやついた。

「綾芽が来ないからいらついてるな？」

「違う。なにもかもうまくいかないからだ」

「大風の勧請《かんじょう》の件も？」

「十櫛王子に、大風を八杷島の上に通してほしいと打診したが、難色を示されている」

「へえ、あのふわふわした王子も交渉はするんだな。まあ八杷島も、大風をぶち当てられたらたまんないのはわかるけどね」

「足元を見られぬように、それなりのものは用意して交渉に臨《のぞ》むつもりだ。だが決め手に欠ける」

二藍は弓を引き絞った。矢は音を立てて飛んでいく。男の腕力だから易々《やすやす》と届いたが、肝心の的は外してしまった。

「とにかく――」

いらだちをなんとか嘆息《たんそく》に変えて振り返ると、佐智はいなくなっていた。

怪訝《けげん》に眉を寄せていると、隣で矢をつがえていた千古が、「あちらですよ二藍さま」と思わせぶりな目をして木立の向こうを示した。

駆けていった佐智が、誰かと話している。誰かではない、綾芽だ。

まずはほっとして、その分かえって腹が立って、二藍は足早に向かった。

「遅かったな。なにを――」

言いかけて言葉を失う。綾芽は土まみれ、埃《ほこり》まみれだ。表衣《うわぎ》も着ておらず、袴《はかま》や衣はほつれているわ、手足にひっかき傷があるわ。

「どうした、大丈夫か。なにがあった」

顔色を変えた二藍に気づいて、綾芽は明るく顔をあげた。頰の泥を拭《ぬぐ》って笑う。

「大丈夫、木登りしただけだから」

「木登り？」

「そうだ。ほら」

とさしだされたものに、二藍は目を疑った。

珊瑚だ。桃の種ほどの大きさの紅《くれない》珊瑚が、組紐《くみひも》に通されている。見覚えがある。十櫛王子の身分を示す、青宝珊瑚《せいほうさんご》と呼ばれる至宝ではないか。

「お前、これをどこから持ってきた」

「鳥の巣だよ。十櫛王子が烏に持っていかれて困ってたんだ。だから探してきた。運良く三つめの巣で見つかったよ」

綾芽は手の甲のひっかき傷に触れ、わずかに顔をしかめた。それから二藍を見あげ、満面に笑みを浮かべる。

「交渉が難航しているんだろう？　だったらきっと役に立つよ。この珊瑚と――」

と、自分を指差す。

「わたしが」

二藍は再び言葉を失った。

＊

十櫛と二藍の会談の日が訪れた。綾芽は東の空の星が消えるまえから起きだして、念入りに準備をはじめた。

討議の末、綾芽は十櫛との交渉の場に連れていってもらえることになった。綾芽に事情を聞いた二藍は、綾芽が珊瑚の飾りを見つけたときの話をすれば、十櫛も態度を変えるかもしれないと考えたようだ。二藍は綾芽に「よくやった」と言ってくれた。でも言葉と裏腹に、その表情は晴れなかった。本当は連れていきたくないのかもしれない。

なぜそこまで頑《かたく》ななのだろう。そう考えると、綾芽は苦しくなった。

いつもの女嬬としての装いではなく、二藍が用意した、上位の女官の装束を身につける。八杷島の海を思わせる青の衣を幾重《いくえ》にもまとい、頭には釵子《かんざし》が揺れる。二藍の気負いの表れのような装束だった。

交渉は変わらず難航しそうだ。春宮と外《と》つ国の王子が顔を合わせるというのに、その場は外庭でも斎庭でもない、十櫛が住まう都の一角だった。十櫛の希望なのだという。どこで開催されるかで、交渉の行く末はおおむね予想できる。これではほとんど、嘆願を断ると先に言われているようなものだ。

（でも大丈夫だ、きっと）

二藍はうまくやる。そう綾芽は信じていた。それにこちらには、十櫛の大切な珊瑚がある。赤いのに、なぜか青宝珊瑚という名の至宝が。

綾芽は、自分の運の良さが嬉しかった。珊瑚を見つけたおかげで、話しあいの場に連れていってもらえる。十櫛は人質としてひっそり暮らしてきたからか、女嬬にも気安いし、どうやら綾芽を気に入ったようだ。ここで顔を繋《つな》いでおけば、いつか機会がやってくる。きっと。

「二藍も喜んでいるだろうな……」

八角鏡《はっかくきょう》を掲《かか》げる。

言葉に反して、鏡の中の自分は『そうだろうか？』と言いたそうだった。

喜んでいるわけがない。春宮として、神祇官《じんぎかん》として、お前を連れていくとは決めたけれど、あのひと自身は嫌がっている。お前も本当はわかっているんだろう？

思いを振りはらうように紅《べに》をとり、指で唇に塗りこんだ。綾芽は薄桃色に色づく紅しか持っていないから、千古の赤い唇には遠い仕上がりだ。それでもいくらかは美しく見えるはず。

鏡に向かって笑いかける。よそゆきの笑みが、たちまち不安げな自分をかき消した。

室《へや》をでて、車寄《くるまよせ》の前で二藍が来るのを待った。斎庭を表す五色《ごしき》と、春宮の色の濃紫《こむらさき》。両方の色で飾られた牛車《ぎっしゃ》が、すでに待ち構えている。

そのうち、渡殿《わたどの》を挟んだ向こう側に二藍が現れた。濃紫の袍に、青海鳥《あおみどり》が織りこまれた平緒《ひらお》をしめている。外つ国の王子に頼みごとをするからだろう、珍しく髪を結いあげて、垂櫻《すいえい》の冠を被っていた。まるで外庭の貴族のようだ。

このひとは神ゆらぎでなければ、美しい女人といくつも浮名を流したに違いない。綾芽はふいに悟って、つい下を向いた。

足音が近づく。顔をあげたとき、二藍の視線が自分の唇を掠《かす》めた気がした。でも気のせいだったかもしれない。二藍は淡々と命じた。

「ゆくぞ。供をいたせ」

承知いたしました、と綾芽は頭をさげた。

牛車に乗っても、二藍はずっと黙っている。それに倣《なら》って綾芽も静かにしていた。

しばし揺られるうちに、牛車は南の壱師門《いちしもん》から都へでた。興味をそそられ、物見の隙間《すきま》から外を眺めていると、二藍はようやく口をひらいた。

「都はそう珍しいものか？　斎庭とほとんど同じではないか。縦横《じゅうおう》に路《みち》が交わり、築地塀《ついじべい》に囲まれている」

「そうだけど、でもわたし、斎庭の外に出るのが都に来たときぶりなんだ」

だからすべてが新鮮に見える。人がゆき交っている。貴族の牛車、驢馬《ろば》に乗った男。頭に大きな籠を乗せた女。童《わらわ》が追いかけっこをしていた。路のはるか先には、市《いち》のようなものがある。なにを売っているのだろう。

「好奇心が旺盛な娘だ」

そう言って、二藍は頬《ほお》を緩めた。

やっと笑顔を見られて、綾芽は内心ほっとした。どことなく固い笑みなのは気になるが、それはきっと、二藍といえども緊張しているからだ。そう思うことにする。

やがて先導する馬の、蹄《ひづめ》の音がやんだ。ほどなく牛車も止まる。物見から覗《のぞ》けば、立派な門が見えた。この門の向こうに広がる屋敷の一角に、王子は住んでいるという。

「どなたのお屋敷なんだ？」

「わたしの異母弟、実常《さねつね》のものだ」

八杷島の王子であり、人質でもある十櫛は、治部卿《じぶきょう》である実常の預かりだった。

「よいな。先に話したとおりに動け。わたしが言うまでは――」

「大丈夫。任せてくれ」

頭に挿《さ》した釵子が重くて、首を傾けながら綾芽は答えた。二藍は笑って釵子の位置を少々直してくれる。その目が、今度ははっきりと唇にとまった。

「……あの、二藍」

「さて、ゆくか」

ふいに二藍は視線を外し、外の供に声をかけた。

たちまち牛車の御簾《みす》があがる。綾芽は低く頭《こうべ》を垂れた。なにも言えなかった。せめて励ましたかったのに。

二藍が姿を見せるや、綾芽と同じくらいの年だろうか、若い男が目を輝かせて駆け寄ってきた。

「兄君、お待ち申しておりました。今日もいっそう麗《うるわ》しくあられますね」

二藍の弟、実常である。宝玉でも見るような、うっとりとした視線を二藍に向けている。

「ああ、先日はご助力いただき、心より感謝しております。兄君が心術を使ってくださったおかげで、裏で賂《まいない》をやりとりしていた不届き者を懲《こ》らしめることができました」

「それはよかった」

「しかし何度拝見しても恐るべきお力だ。兄君に皆々が屈服するあの刹那《せつな》、わたしの心はいたく震えてしまいました。あの感動はとても言葉に表せません。本当に素晴らしい」

「そうでもない。だが役に立ったのならよかった」

「そのご謙遜《けんそん》にまた深く感服してしまいます。あれほどのお力をお持ちなのに、少しも驕《おご》るところがないとは、さすが神気をまとう尊き御身《おんみ》」

うしろで見ている綾芽は、どんな顔をしていいのかわからなかった。

――まるでじゃれつく子犬じゃないか。

実常は決して世辞を言っているわけではなく、心から二藍の力に敬意を表しているらしい。それが伝わってくるからこそ、心がざわついてしかたない。

二藍はそんな賛辞では喜ばない。むしろ苦々しく思っている。そのはずだ。

先をゆく二藍の表情は窺《うかが》えなかった。

ああ、と実常は、何事かを思い出したように表情をほころばせた。

「兄君、ご相談があったのでした。今よろしいでしょうか」

「短くならば聞こう」

「実はわたしの親しく付き合っている中将《ちゆうじよう》が、とある女人に懸想しているのです。ですがなかなかなびいてくれず、中将は思いつめている。兄君のお力でなんとか、女人の心を中将に向けていただけませんでしょうか」

「……そういうことはしない」

「そんな、しかし先日は、わたしの恋煩《わずら》いのために心術を使ってくださったではないですか。壱師門の女を――」

「あれはお前のためだから使ったのだ」

それ以上口にするなと言わんばかりの、二藍の言い訳がましい声が響く。

うしろにいてよかった。綾芽はそう心から思っていた。そうでなければ、ひどい顔をさらしていただろう。

兄の怒りを買ったと悟ったらしく、実常は恥じるように頭をさげた。

「申し訳ございません。兄君の神にも等しいお力を、安易にお借りしようなど。どうお詫びしたらよいか……」

「それより十櫛王子はもうお待ちか？」

二藍がはっきりと声を荒らげたので、実常は、はっとしたように居住まいを正した。

「王子はもう、西の対《たい》でお待ちです」

「そうか。なにか仰《おつしや》っていたか」

「それとなく尋ねてみましたが、やはりお考えは変わらないと。……兄君、なにか手立てはお持ちですか」

「一応は」

「さすがは兄君」

熱の籠《こ》もった目をじっと兄に向けたあと、実常は頭をさげた。

「首尾よくいきますよう、心よりお祈り申しております」


西の対に、二藍はひとり入っていった。綾芽はいつでも顔をだせるよう、すぐ前の庭の片隅に向かう。

重い身体をひきずるようだった。やるせなさが、身体中から力を根こそぎ奪っていく。なんとか口を引き結び、階《きざはし》の脇へ座ったけれど、心の中では泣きたかった。

国のためだったらわかる。まだ我慢できるし、納得するよう努力する。でも。

(弟の色恋のために心術を使うのか？　そんなもののために、命をかけるのか？)

二藍の心がわからない。神ゆらぎの身を厭《いと》うているのではなかったのか？　人になりたいと願っているのではなかったのか？

いやわかっている。本当は理解できている。理解できてしまう自分が嫌だ。二藍は、実常の頼みを断れなかったのだ。実常が、二藍を心から慕《した》っているからこそ。

実常のような憧《あこが》れもあるのだと、綾芽は今、初めて気づいた。実常は、神ゆらぎである二藍を崇《あが》めている。その力を忌々しいとは考えず、素晴らしさだけを賞賛している。それはすべて、今ここにいる、ありのままの二藍を認めるものだ。変わってくれと頼むばかりの綾芽と違って。

もしかしたら。

ぐ、と胸が締めつけられて、息ができない。

もしかしたら――。

（二藍を救うのは、わたしじゃないのかもしれない）

綾芽は二藍のためといって、二藍の安息を壊そうとしているのかもしれない。自分の欲望を、押しつけているだけなのかもしれない。

今手にしたものに満足して、身の程をわきまえて、安らかに生きていく。それだってひとつのあり方だ。なのにそれを認められずに、二藍を苦しめているのかもしれない。

考えないようにしていたことが胸にはっきりと迫ってくる。

叫びだしそうだった。

でも綾芽は強く奥歯を嚙みしめ、前を向いた。

そんなことを考えている場合ではない。二藍も言っていただろう。なんのためにここにいるのか忘れるな。

殿上を睨《にら》むように見やる。ちょうど二藍が御簾の奥に用意された敷物へ座し、十櫛が口をひらくところだった。

「春宮殿下、お久しぶりですね。此度《こたび》は立坊《りつぼう》、まことにおめでとうございます」

綾芽に背を向け廂《ひさし》に座した十櫛は、にこやかに御簾の向こうへ挨拶《あいさつ》した。

それから「そちらのご事情はよく承知しておりますが」と、申し訳なさそうに本題に入る。

「わたしとて生まれは八杷島ですが、物心ついたときには兜坂におり、兜坂で育った身。どちらに心を寄せているかといえば兜坂なのです。正直な心のうちを申せば、黄《き》の邦《くに》を救ってやりたい、雨を与えてやりたい。しかし我が国はきっと、国土の上に大風を通すことを許さないでしょう。大変心苦しいのですが、件《くだん》のお話はお断りいたしたく存じます」

はっきりとした拒絶だ。しかし二藍は食いさがった。

「お心のうち、お察しいたします。しかし我らも、民《たみ》の命がかかっているのです。なんとか国を説得してはいただけませんでしょうか。あなたさまのたっての申し出ならば、八杷島の祭王《さいおう》もきっと聞き入れてくださる」

「わたしにそこまでの力はありませせぬよ」

「次に八杷島に送る使節に、金と硬玉《こうぎょく》、それに絹も、いつもの倍は持たせましょう。水銀や海石榴《つばき》の油も。大風の被害が大きければ木材も、人足もお貸しする」

「しかしなあ」

と十櫛は困ったように口元に手をやった。どうやって断ろうか、そんな表情である。

幼少から兜坂で育った十櫛は、八杷島との繋がりが薄い、立場の弱い王子だ。そもそも重要な王子なら、人質にはだされない。

――それでもこの十櫛を動かせれば、八杷島も動く。

二藍はそう言っていた。だからこそ、どうにか十櫛をその気にさせねばならない。賂で動く質《たち》ではない、この気のいい男をどうにか。

じっと十櫛に視線を向け、二藍は黙りこんだ。綾芽が息を呑んで見やっていると、絹に包んだなにものかを、小さな箱からおもむろに取りだした。

「どうか、こちらをお納めいただきたい」

「なにをいただいても、わたしにはなんとも……」

十櫛はやんわり断りを入れようとする。しかし二藍は手をとめなかった。十櫛を睨むように見やり、包みをあける。白く輝く絹の下から、艶《つや》やかな赤が垣間《かいま》見える。

たちまち十櫛の目が丸くなった。

「それは、わたしの青宝珊瑚《せいほうさんご》ではありませぬか！」

「我が女婿が、お言葉をかけていただいたようで」

二藍はにっこりと笑い、絹紐《きぬひも》に通された赤い珊瑚をうやうやしく取りあげた。

「その者が探しあてました。奩《くしげ》の岩山の木立に巣を作った烏が、隠していたそうです」

「なんと」

受けとった十櫛は、信じられないというように顔を輝かせ、珊瑚を撫《な》でた。二藍はここぞとばかりに熱っぽく訴える。

「重ねてお願いいたします、十櫛王子。これをもってどうか、わたくしどもにお力添えをいただけませんでしょうか」

十櫛はしばらく珊瑚を手の中で転がし、眺めていた。小さく息をつくと顔をあげ、口の端を持ちあげる。

「わかりました。ここまでしていただいたからには、わたしも一肌脱ぎましょう」

「……まことか」

「はい。次に湊《みなと》をでる船に間に合うよう、疾《と》く文《ふみ》をしたためましょう」

御簾越しに見える二藍の顔に、喜色が滲《にじ》んだ。綾芽も思わず、やったと腰を浮かせる。

「ありがたい。なんとお礼を申しあげればよいか」

「礼を申しあげたいのはわたしの方です、春宮。この珊瑚、もう二度と我が手元には戻ってこないものと諦めておりました。まさかあの娘が探し当ててくれたとは」

十櫛はうずうずと身を乗りだした。「あの娘は、梓《あずさ》は来ておりますか？　ぜひ礼を言いたい」

二藍はわずかに眉を持ちあげたが、すぐさま笑みを作った。

「もちろんです。梓よ、十櫛さまにご挨拶《あいさつ》を」

その声を聞き、綾芽は階の前に進みでた。廂に座る十櫛に向かって、丁寧《ていねい》に頭をさげる。

「ご挨拶いたします、十櫛さま――」

すべてを言う前に、ぱたぱたと足音が近づいてくる。はっと顔をあげると、十櫛が頰を上気させて階をおりてくるところだった。綾芽は絶句した。十櫛はそのまま綾芽の前までやってきて、綾芽の両手を握りしめたのだ。

「ありがとう、梓。とても助かった」

やんごとなき御方にはありえないふるまいに、綾芽は思わずのけぞった。こんなふうに女嬬の両手を握るなんて、気安さを好む二藍でもしないのに。

「あの、いえ、でしたらよかったです。本当に」

「一生懸命探してくれたのだな。ああ、手に怪我《けが》を。まさか鳥に襲われたのか？」

心配そうな顔でひっかき傷を撫でられて、綾芽は慌てて下を向いた。

「大丈夫です、たいした傷ではありません」

「でもわたしのための怪我なのだな。おなごの手にこんな傷を作らせて申し訳ない。あとで薬を届けさせよう。安心するといい、八杷島の薬はよく効く」

「ありがとうございます。心より御礼申しあげます」

「よいのだよ。このくらい、お前がしてくれたことに比べれば、なんでもない」

十櫛はまだ手を放してくれない。綾芽はどうしたらいいのかわからなくなった。女嬬ならば、されるがままになるしかないのだが。

ふと十櫛の肩越し、御簾の向こうに目をやってしまう。同じくひどく驚いている二藍が垣間見えた。勝手に御簾の外に出るわけにいかないからか、ただ頬を強《こわ》ばらせている。

綾芽や二藍の困惑《こんわく》をよそに、十櫛は嬉しそうだった。

「ああ梓、本当にわたしはお前を気に入ってしまったようだ。今すぐお前をいただけるよう春宮に申しあげたいくらいだが、きっとこの間と同じく、お前に断られてしまうな。せめて礼をしたい。ほしいものはあるか？　わたしにはたいした力も富もないが、八杷島の文物なら授けられよう」

（ほしいもの？）

その一言に、綾芽は息を呑んだ。

ほしいもの。もちろんある。

わたしに、あなたが知りうる神ゆらぎのすべてを教えてほしい。八杷島が知っている秘密を、あのひとが人になれる方法があるのかを、教えてほしい。どうか。

緊張と高揚で手が震える。綾芽は大きく息を吸って、なんとか逸《はや》る心を抑えた。そして嚙みしめるように言った。

「……知識を」

「知識？」

「はい。神とは――玉盤神とはなんなのか。神ゆらぎとはなんなのか。なぜ生まれるのか。どこより来たのか。そういうことが知りたいのです。わたしは知りたがりなんです。自分に関係ないことも、知りたくてたまらなくなってしまうんです」

相手は隣国の王子だ。真の目的を気取《けど》られてはならない。いくら十櫛が気持ちのよい男でも、弱みを見せればつけこまれる。あくまでこれは、綾芽のひとりよがりな知識欲だ。ただ知りたい、それだけだ。

「そうか。お前は……」

十櫛の目に一瞬、切ない表情が浮かんだ気がした。はっとして綾芽は息をつめる。まさか、気づかれてしまっただろうか。

　やがて十櫛はのんびりと微笑んだ。

「なるほど、お前はずいぶんと知りたがりなのだなあ。願いはわかったよ。ただ、それを叶《かな》えるのは難しいかもしれない」

「そうですか……」

　きっぱりと断られて、綾芽は落胆した。だが、当たり前だ。八杷島の者がなにかを教えてくれるわけはない。

「教えてやりたいのはやまやまだがね。わたしは兜坂で育った人質だから、そんなに知識が深いわけではないのだ。故郷は必要なことしか教えてくれない。わたしは所詮《しょせん》、道具なのだよ。故郷にとっても、お前たちの国にとっても。……まあ、道具なのはわたしだけではない。我々は悲しい定めだ」

　十櫛はうしろをちらりと見やった。我々とは、自分と二藍のことを指しているらしい。それから下を向いてしまった綾芽に、笑って向き直る。

「梓、そう落ちこむものではないよ。約束はできる」

「約束、ですか」

「そう。もしいつか、万が一、お前に立派な知恵が花開くようなら——つまりは、お前がこの珊瑚の赤を青に変えられたなら」

そう言って十櫛は、赤く輝く青宝珊瑚を、綾芽の手にそっと握らせた。

「そのときこそ、わたしは道具であることをやめて、誰でもなくお前の味方をするよ。お前の望む知識を与えよう」

綾芽は眉を寄せて、十櫛を、そして手のなかの紅珊瑚を見やった。どういう意味だろう。この男はなにかを伝えようとしているのだろうか。それとも珊瑚の色にたとえて、遠回しに知識を与えることはできないと言っているのか。

丸い珊瑚は、てらてらと赤く輝いている。青くなるはずなどない。

よくわからないが、どちらにしても、できれば綾芽の味方をしてやりたいと思ってくれているのは確かなのだろう。そう綾芽は結論づけた。今の十櫛は誠実で、真剣な表情をしている。

綾芽はにこりとして礼を言った。

「わかりました。ずっとその日をお待ちしております」

うん、と十櫛も笑みを浮かべ、ようやく綾芽の手を放した。

「そんな日が来るといいな。まったくないとはいえない。誰にでも種はあるのだからな。まあ、そんな夢物語より――そうだ、お前の知りたいことに詳しい者を呼んで、聞いてみるというのはどうだろう」

「詳しい方？」

十櫛はうなずき、青い顔をしている二藍に笑顔で振り向いた。

「春宮、八杷の祭官を、こちらに呼び寄せてはいかがでしょう」


十櫛の提案は、兜坂国にとっても魅力的なものだった。

だが二藍は、冷静を保つのに苦労していた。袖のうちに隠した扇を持った手は、白くなるほど力が入っている。

「我が国には、祭官という、祭祀《さいし》に関わる一族の者どもがおります」

十櫛は殿上に戻り、にこやかに話を続けた。

そのすぐうしろでは、綾芽が目を輝かせて耳を傾けている。女嬬は普通は昇殿できないが、十櫛が綾芽に、ついてくるよう命じたのだ。いや、命じたのではない。自ら手をひき、階をのぼらせた。

二藍は、わたしの妻に触れるなと言いたかった。言えるわけもないのに。

「祭官の一族は、もともとは八杷島の外から来た者なのです。かつて玉盤の地に栄えた斗《と》涼《りょう》の、王族の末裔《まつえい》とも、祭事を司っていた青蓋寺《せいがいじ》の祭官の末裔とも言われております」

「ええ、存じあげておりますよ」

二藍は我慢できずに、扇を顔の前に広げた。

「斗涼は千年もの長きにわたり、玉盤大島の主《あるじ》として君臨し、玉盤神を奉じてきたと言われておりますね。八杷島の祭官は、斗涼が持っていたさまざまな記録や知恵を伝えているとか。羨《うらや》ましいものだ。祭官の助言に守られ、祭王は玉盤神との祭礼も、さぞ平らかに行われていることでしょう」

「ええ、玉盤神と渡りあうのは、付き合いが長ければ長いほど楽になりますからね。膨大《ぼうだい》な記録を紐解《ひもと》けば、玉盤神のふるまいを先に知ることすら可能になるのです」

綾芽がなにか言いたそうに身じろいだ。十櫛は綾芽に柔らかな目を向ける。発言を許されたと知り、綾芽は口をひらく。

「それでは八杷島では、此度の兜坂国のような、急な点定神《てんじょうしん》の入れ替わりがあったとしても、人に有利なように事を進められるのですか?」

「有利か。兜坂の斎庭の者らしい物言いだ。そのとおり。我々は西沙の点定神の記録も、百数十年分は得ている。もしこの記録が兜坂にあれば、そもそも黄の邦が選ばれることもなかっただろう」

二藍は、苦い思いでそれを聞いていた。

——簡単に言う。

確かにもっと記録があれば、さらに正確な予測ができた。黄の邦の札を安全なところへのけておけた。だが、だからこそ、神招きの記録はどこの国でも極秘に扱われているのだ。兜坂が長らく、多額の援助を投じてきた八杷島でさえ、神ゆらぎのことも、玉盤神のことも、ほとんど漏らさない。それが金より価値があり、剣より武器になるものだとわかっているからだ。

しかし驚くべきことに十櫛は、『祭官を呼び寄せよう』と申しでた。

どういう意図なのか、二藍にはまだ判断がつかないでいる。さも今思いついたように言ったが、これはそんなふうに軽く提案できる事柄ではない。少なくとも、前々から八杷島ではそういう話が進んでいたとみてよいだろう。

だからこそ苛々《いらいら》する。この男、本当はとんでもない策士なのかもしれない。

綾芽の身が気がかりだ。今すぐこちらに引きずってこられればどんなに楽か。

「我が国の祭官に、点定神の記録を持参させましょう。他にも玉盤神に関してなら、いくつかご助言できることがあるかと思います」

「よいのですか？　なぜそこまでご助力くださるのです」

二藍は用心深く尋ねた。兜坂に都合が良すぎる。さきほどまで、大風を通すことすら嫌がっていたではないか。

「いえ、これは当初から、我が国の方で話し合われてきたことなのです」

十櫛は玳瑁《カメ》の甲羅に螺鈿《らでん》をふんだんに散らした小箱を取りだして、綾芽に見せながら微笑んだ。

中には色とりどりの珊瑚や貝殻《かいがら》が入っている。見たこともない珍しいものばかりで、二藍も思わずちらと目がいった。ふいに、綾芽の故郷が海に面した邦だと思い出す。二藍は海を見たことがない。

「大風について渋っていたことはどうかお許しを。しかし祭官をこちらに呼び寄せ、我々の知恵を使っていただくことは、実は祭王のご意向です。今日、大風の件がどのように決まろうと、申しあげるつもりでおりました」

「なにゆえそのような御厚情をくださるのです。正直に申して、解《げ》せません」

「玉央に無理を迫られているのは、兜坂だけではないのですよ」

十櫛は眉を寄せた。

「玉央は昨今、西の銀台《ぎんだい》大島との勢力争いに躍起《やっき》になっています。そのために、我が国や兜坂の生む金銀、玉《ぎょく》、珊瑚、これらを得たいのです。八杷島は東の要衝《ようしょう》でもありますから、自らのものにして、東の支配を固めたいという意図もありましょう」

「なるほど」

つまりは兜坂に利を与えて、有事のさいに守ってもらおうというわけだ。二藍は取り繕《つくろ》うような笑みを返した。

「よくわかりました。わたしの一存では決められませぬが、悪くないお話だと思います。大君に、わたしから奏上しておきましょう」

「本当ですか！　ありがたい、どうぞよろしくお願い申しあげます」

対して十櫛の笑みは、どこまでも澄んでいて、清々《すがすが》しい。

二藍は、自分がひどくつまらないもののように感じた。


去り際、十櫛は綾芽に、箱の中のものをどれでもひとつやると言った。綾芽は故郷の貝に似ていると言って、尖《とが》った巻き貝を受けとっていた。貝についてしばらく話が弾《はず》んでいたが、二藍には聞いたこともない名だ。覚えたくともすぐに忘れてしまった。

二藍にもくれるというから、白い軽石のようなものを選んだ。訊けば珊瑚の骨だという。骨。無難に貝殻にすればよかったと思った。

十櫛のもとを辞すると、今度は実常が駆け寄ってきた。悪くない手応《てごた》えだったと伝えると、目を輝かせる。

「さすがは兄君。頑なな十櫛王子のお心も変えてしまう。心術なしでもそれができる。そのような者がどれだけただびとにおりますでしょうか」

二藍は歯嚙みした。少なくとも此度のことは、二藍の手柄ではない。実常が一顧《いっこ》だにしない、そこの娘がやり遂《と》げたことだ。

車寄へ向かう間も実常は、できる限り長く二藍を引き留めようとまとわりつく。

「そうだ兄君、先日お話しした宴《うたげ》の件と、盗賊一掃の件についてはお考えいただけましたか。もし兄君が心術を使ってくださるなら——」

「その話はまた場を改めてにいたそう」

二藍はなんとか冷静を装った。

「それから近頃わたしは、心術を安易に使わぬようにしている」

「なぜです」

「疲れるからだ」

はっとした実常は、「滋養のつくものをお贈りします」と微笑んだ。ありがたいがずれている。二藍は礼を言って牛車に乗りこみ、牛飼童《うしかいわらわ》が牛を牽《ひ》くのを待った。

「なんだ、よかった。心術を使うの、抑える気になってくれていたんだな」

綾芽は上機嫌だった。まあな、と心にもないことを言って、二藍は綾芽が両手に握った巻き貝を見つめた。淡い紅色だ。今日の綾芽の、唇の色に似ている。

「早く祭官が来るといいな。きっといろんなことを知っている」

「まだ来ると決まったわけではない。それに、お前がほしいものをくれるとは限らぬぞ」

「くれるかもしれないだろう？　十櫛さまが、わたしを引き合わせてくださるそうだ。八杷島では王族が祭祀し、祭官が助言する。戦《いくさ》で言うなら軍師だって。十櫛さまが呼び寄せようとされているのは、羅覇《らは》という名の御方だと聞いた。とても優秀らしいよ」

綾芽の指が、なめらかに貝を撫《な》でる。

二藍は全力でもって己を律しようと努力した。みっともない真似はしたくないのだ。そういう自分は見せたくない。

でも結局、耐えられなかった。

「……何を話していた」

「え？」

「さきほど、お前に駆け寄った十櫛と小声でなにやら話していただろう。なんだ」

綾芽は目を瞬《また》かせ、ああ、と笑みを見せた。

「褒美《ほうび》をくれるっていうから。わたしはいろんなことが知りたいので、いろんなことを教えてくれって頼んだ。大丈夫、変なことは言っていないよ。十櫛さまは珊瑚がどうのこうのって、よくわかんないことを言ってたけど」

「だったらいいのだが」

と言いながら、二藍の脳裏には、さきほどの光景がよぎっていた。御簾の向こう、陽《ひ》のあたる場所で笑みを交わしていたふたり。なぜ座って見ていたのだと、自らへの苛立《いらだ》ちが増す。礼儀などかなぐり捨てて、さっさと間に入ればよかった。

「……最初に会ったとき、どうやって気を惹《ひ》いたのだ？」

「最初？」

「十櫛と禁苑で会ったとき、なにやらうまいことを言って気を惹いたのだろう」

「いや。ただわたしは十櫛さまがなくした珊瑚を――」

「そうでなければ、なぜあんなに女嬬と親しげにする。まるで自分のもののように、十櫛はお前に歩み寄ったではないか」

綾芽は困惑に眉を寄せている。だが二藍はやめなかった。あくまで冷静に、少なくとも自分自身では冷静だと信じて続けた。

「百歩譲って、単に二言三言で十櫛がお前を気に入った、お前たちが意気投合するほど気の合う者同士だったとして、十櫛はだめだ。あれは兜坂で育ったとはいえ、八杷島の者だ。お前の夫にするわけにはいかない。他の男を選べ」

「……なにを言っているんだ」

綾芽の声に怒気が混じる。「わたしが他の男のもとへ行くとでも思って――」

最後まで言わせなかった。

二藍はふいに腕を伸ばし、綾芽の口紅を親指でぐいと拭い去った。

「まったく似合っていない」

言い放って身を翻《ひるがえ》す。

驚きに凍ったような綾芽を置いて、足早に車をおりた。

「先に帰っておけ。今宵《こよい》は遅くなる」

慌てて駆け寄ってきた実常に、気が変わった旨《むね》を告げる。返事を待たずに屋敷の奥へ向かった。

無性に怒りが湧いてたまらない。胸の奥が、焼いた鉄を投げ入れたように熱い。

だが二藍は、わずか数歩進んだときにはもう、これは怒りではないと悟っていた。

――ああ、そうか。

これは、嫉妬《しっと》だ。

卑《いや》しく、下劣で、浅ましい感情だ。それを抑えられなかったばかりか、振りかざしてしまった。よりによって、一番大切なひとに。

(なんという愚かな真似を)

そう思った途端、後悔と自分への怒りがめちゃくちゃに絡《から》みあって噴きあがってきた。

愚かだ。愚かに過ぎる。

結局二藍はなにもわかっていなかった。心の奥底に燻《くすぶ》っているものを、抑えられるとばかり思っていた。こんなにも醜《みにく》いざまを晒《さら》すわけがないと、高をくくっていた。

でも、土台無理だった。背を向けたこと自体が間違いだったのだ。

二藍は紅に染まった親指を、痛いくらいに握りしめる。

(このままでは、だめだ)

唇を噛みしめて、心のうちで何度も繰りかえした。

――このままではだめなのだ。失いたくない。誰にも渡したくない。

本当は最初からわかっていた。ずっと欲《ほっ》していたのだ。易々と生きて死ぬものか。満足などできるものか。そんなものくそくらえだ。

――ならば、変わらねばならぬ。

「どうされました？　兄君」

突然立ちどまった二藍を、実常が眉を寄せて窺った。

「……いや、なんでもない」

煮えたぎった血の熱さを隠すように、二藍はゆったりと扇をひらいた。

第五章　指の背に紅を交わす

風切る矢羽根の音が耳に届いて、綾芽《あやめ》は顔をあげた。

朝から斎庭《ゆにわ》の北東、禁苑《きんえん》の奩《くしげ》の山に分け入って、千古《ちこ》の弓矢の鍛錬に付き合っている。

奩の山は岩山である。かつて大きな山が火を噴いてできたと言われていた。その裾《すそ》は斎庭にも入りこんでおり、いくつも天然の岩窟が口をひらいているという。

厳しい岩肌には、風がよく通る。おまけに生い茂る木々で視界も悪く、大風の神招きの練習にはちょうどいい。

岩肌が露《あらわ》になった斜面から少々離れたところ、緩《ゆる》やかに広がる木立の中に的《まと》を立て、千古は弓を引いている。さわさわと揺れる梢《こずえ》の音に混じる千古の弓音は、このところますます鋭さを増したようだ。

近頃は、折角だからと綾芽も弓矢を持ちだして、千古の隣で引いたりもする。千古は風変わりだが、弓矢の腕は確かだった。綾芽にも親切だ。

綾芽は、千古に習った都式の弓の引き方と自分のやり方、どちらも練習している。だがどっちつかずなのか、今までなら易々《やすやす》と当てられただろう的さえ、近頃は当たらない。

技法のせいではないのかもしれない。

綾芽はまた的を外して、力なく弓をおろした。

「どうしたの？　女嬬《にょじゅ》には的が見えないのかな」

千古が首を傾けてこちらを見やった。いつになっても綾芽の名を覚えない。覚える気がないのだろう。

「いいえ、見えます。的は」

見えていないのは別のものだ。

「ならいいけど」と、千古はまた弓をつがえる。今日も美しく装《よそお》っていた。そのきりりと整った唇の赤さから、綾芽は目を逸《そ》らした。

『似合っていない』。二藍《ふたあい》がそう言った理由もわかる。

確かに綾芽は千古のように美しくないし、紅《べに》が映《は》える顔でもない。二藍は、みっともないと感じたのかもしれない。

あのときの二藍の声を思い出すたびに、胸がつぶれそうに痛む。本当は、似合っていると言われたかった。美しいと思われたかった。

綾芽がせめて美しくあれば、二藍の心をすこしは慰《なぐさ》められるはずだったのに。

だが叶《かな》わぬ夢だった。

綾芽にはなにもない。美しくもないし、二藍の心の支えにもなれない。二藍のためにできることが、ひとつも見当たらない。

——そんなわたしはもう、あのひとにとって必要なものじゃないのかもしれない。

ふいに恐ろしい考えが脳裏をよぎる。まさかと思いたいのに、否定すればするほどそのとおりな気がしてくる。

そうだ。きっと二藍はもう、綾芽を必要としていない。だからこそ、夫にする男を選べなどと言ったのだ。

二藍は近頃、前にも増して多忙を極めていた。昨夜も、綾芽が局《つぼね》にさがったあとに尾長宮《びちょうぐう》に戻ってきたようだ。今朝も夜が明ける前に出ていったが、その前に一言だけ言った。

「今宵《こよい》、話がしたい」

綾芽は、「わかった」とだけ答えた。本当は怖かったのだが、この期《ご》に及んで泣きわめいてもなにも変わらないのは知っている。

汗が目に入った。拭《ぬぐ》っていると、「どうしたんだ」と千古が寄ってきた。

「泣いてるの？　二藍さまがつれないのかな」

「いえ、汗を拭っただけです」

「ほんとは喧嘩したんでしょ？　あなたは二藍さまの愛妾《あいしょう》だよ。わたしは知ってる」

「……どうしてそう思われるんです？」

「見ればわかるもの。この頃の二藍さま、あなたのことばかり気にしてたよ」

綾芽は黙って首を横に振った。そんなことはない。二藍はそういう男ではないし、千古が思っているような痴話《ちわ》喧嘩でもない。もっと幼く、不器用で、しようもない話だ。

「それは残念」

千古はまったく残念そうでもない口調で、うんと伸びをした。「もしあなたが捨てられたのなら、わたしが愛妾に選ばれて、斎庭中将《ゆにわのちゅうじょう》へ近づく目もあるかと思ったんだけどな」

清々《すがすが》しいほどに素直だ。綾芽はふと問うてしまった。

「夢のために誰かの愛妾になるのは、辛《つら》くないですか」

「別に？　なりたくてなっているんだし。……それともあれか。夢のために男を誘惑するのは汚いんじゃないかって訊《き》きたいのかな？」

綾芽は違う、と答えかけたが、黙った。千古の言うとおりなのかもしれない。

千古は少しも気分を害した様子もなく笑った。

「わたし、汚い手なんていっさい使っていないよ。ただ、望みを叶えたいって叫んでるだけ。それをどう思うか、聞き入れるかは相手の勝手だから、わたしも主張する。それだけ。言ってみなければ、なにも始まらないから」

女嬬には、少し難しい話かな。

そう笑いながら、千古は矢をつがえた。放たれた矢は千古の心根そのままに、木立に紛《まぎ》れた的にまっすぐに飛んでいった。

そんなものなのかもしれないな、と綾芽は思った。

日が高くなってきて、千古は全部の矢を射終わった。

千古が的を片付ける間、綾芽は逸れた矢を拾いに向かう。逸れたのは、綾芽の放った矢ばかりだ。とはいっても、千古と話をしたあとに放った矢は、割合に的を貫《つらぬ》いていた。

木立が切れて、時おり岩肌が見える緩い斜面になっている。慎重におりて、五色《ごしき》の矢羽根がついた祭礼用の矢を拾い集めた。岩場なので、気をつけないと危険だ。滑るし、地面にひらいた岩穴に嵌《は》まる。

危うく縦穴《たてあな》に落ちかけている矢に、冷や冷やしながら手を伸ばした。穴からは、冷たく湿った風が吹きあがってくる。亟の山には、長い洞穴がいくつもあるという。この縦穴も、底の方でどこか別の穴に繋《つな》がっているのかもしれない。そう深くはないようだが、落ちたら登れないだろう。

ようやく全部を集めたと思ったのだが、拾った矢を数えると数本足りず、綾芽は困りはてた。

(とにかく一度千古のところに戻ろうか)

そう考えて、斜面を登りはじめたときだった。

「――ねえ、あんたならできるはず。仇《かたき》をとるのよ」

なにやら話し声が聞こえて、とっさに太い山桑《やまぐわ》の木のうしろに隠れた。

女がふたり。背の高い方は千古だ。腕組みして首を傾《かし》げている。

その千古に話しかけているのは――。

(鈴《すず》?)

危うく声をあげそうになった。確かに綾芽が捕らえた鈴だ。なぜこんなところに。

いきおいこむ鈴とは裏腹に、はあ、と千古は眉をひそめた。

「いきなりなに？　あなた誰？　仇って、誰の、なんの」

「馬鹿ね、わかんないの？　石黄《せきおう》さまのに決まってるでしょ」

「石黄さまの？」

呆《あき》れたようだった千古が、真顔になる。

「そうよ。実はわたしね、ずっと石黄さまに密《ひそ》かにお仕《つか》えしていたのよ。だからあんたのことも知ってる。あんたずっと、石黄さまの愛妾だったじゃない」

「……まあね。そうだったけれど、それがなにか？」

「なにかって、あんたの愛《いと》しい御方を殺されたのよ？　二藍さまに復讐しないでいいの？ってていうかあんたそもそも、復讐のために二藍さまに近づいたんでしょ？」

千古の表情は変わらなかった。ただ黙っている。

（そんな。千古が、石黄の愛妾？）

綾芽は愕然《がくぜん》とした。青天《せいてん》の霹靂《へきれき》だ。二藍は気づいているのだろうか。そもそも庭獄《ていごく》に繋がれていたはずの鈴が、なぜここにいるのだ。

焦《あせ》る綾芽をよそに、千古はふいと鈴に背を向けた。

「確かにわたしは石黄さまの愛妾だったよ。でも復讐なんてしない」

「なんで！　悔しくないの？」

鈴は慌《あわ》てて千古の袖《そで》を摑《つか》んで自分に向かせる。その腕を、千古は穏やかに振り払った。

「悲しかったよ。愛妾だったんだ、当たり前だろう。でもあの方は、自《みずか》らの意志で悪事を働いて、その責めを命で償《つぐな》ったんだから仕方ない。石黄さまは処罰されても仕方がないことをした。二藍さまは処罰した。それだけだよ。なぜ二藍さまを恨《うら》む必要がある？」

「な、あんたねえ。じゃあなんのために二藍さまに近づいたのよ！」

「わたしの夢のため」

あっさりと答えた千古に、鈴は絶句した。

「石黄さまの愛妾になったのも、わたしの夢のため。もちろん石黄さまは、そんなわたしの目的を知っていたし、そのうえで愛してくださった。そういう石黄さまを、わたしも愛していたよ」

「ほら、だったら復讐しなさいよ」

「でもわたしは石黄さまの陰謀なんて知らなかったし、陰謀込みで愛してたわけじゃない。石黄さまがやりたいようになさって、それで罰せられたのなら、仕方ないことなんだ」

「意味がわかんない。ごちゃごちゃ言ってるけど、つまり復讐はできないってこと？」

うん、と千古は笑みを浮かべた。

「する気もないよ。わたしは、斎庭のために働く舎人《とねり》なんだ」

言うと同時に、千古の右手が素早く腰の短刀へ伸びる。今にも抜いて、鈴に向けようというときだった。

「そこまで。もうよい」

ふたりのうしろから別の声がして、綾芽は今度こそ口をひらきそうになった。

現れたのは二藍だった。狩衣《かりぎぬ》に身を包み、手には扇《おうぎ》。悠然としているが、顔色はひどく悪い。

二藍は鈴に目を合わせると、すらすらと告げた。

「鈴、復讐をけしかける役目、ご苦労だった。それはお前の本心ではないゆえ、今すぐに忘れてしまうといい」

鈴はたちまちおとなしくなって座りこんだ。二藍の目は、わずかに朱に染まっている。

千古が怪訝《けげん》に二藍を見やった。

「なにをされたのです？　心術？　いやでも、わたしの知る心術とは違う」

ほとんどの者は、心術の真の力を知らない。千古の疑問はもっともだったが、二藍は意に介さずに千古とも目を合わせた。瞳はもうはっきりと赤く揺らめいている。

「千古よ。お前が石黄の愛妾であったこと、わたしはもとより知っていたのだ」

「……そうだったのですね」

千古は恥じらいを見せた。だがすぐに、いつもの自信に満ちた表情を取り戻す。

「わたくしの心は、今申したとおりです。石黄さまを愛しておりましたが、陰謀は憎んでおります。それに石黄さま亡き今は、あなたさまに愛されたい」

「愛することはできぬが」

と二藍は苦笑した。「お前が信頼に足る者とわかってよかった。大風の神招き、これで安心して任せられる」

「ああ、なるほど。わたしを試されたのですね？」

「そうだ。だがそれは忘れた方がいいな。とにかくお前を信頼しているのはまことだ。期待しているぞ」

言うや、千古の身体が船を漕《こ》ぐように揺れた。控えていたらしき佐智《さち》が走り寄る。

千古を座らせてから、佐智は心配そうに二藍を見やった。

「大丈夫かい、あんた。朝に外庭《とつにわ》でも心術を使ったのに、今日こっちまでやることはなかったんじゃない」

「そういうわけにもいかぬ。鈴をいつまでも庭獄に留めおけないし、わたしも――」

二藍はふらついて、とっさに傍《かたわ》らの杉の木に手をついた。驚いて駆け寄ろうとした佐智を、大丈夫だというように手で制す。深く息を吸って、木の幹に背を預けた。

「今、わたしの目は赤いか？」

「わりと」

「そうか。ならば綾芽に見られないようにしなければ。話がややこしくなる」

「綾芽に言ってないのか？　神気に呑まれそうになると目の色が勝手に赤く変わるの」

「言ってどうする。心配させるだけだろう。すぐ治まるし、今までもうまく隠してきた」

二藍は額《ひたい》に手をやり、いっとき瞼《まぶた》をおろした。ひらいたときには、目の色はほとんど黒に戻っていた。

深く息を吐き、幹に預けていた身を重そうに引き起こす。

「綾芽が我らの隠した矢を探している間に、鈴を連れていけ。わたしは千古の方を――」

もう我慢できず、綾芽は思いきり足を踏みだした。

「わたしはここにいる！　ここにいて、全部見てたし聞いていた！」

はっとしたように、二藍は心術の疲労で蒼白になった顔を綾芽に向けた。しまったと言わんばかりに目がひらかれる。

でもそれは一瞬だった。二藍は、覚悟を決めたように口を引き結んだ。

「ならばちょうどよかったのかもしれぬ。そのまま聞いてくれ。わたしは――」

「いやだ。もういい、聞きたくない！」

綾芽は腕を振りまわして叫んだ。

なにも聞きたくない。言い訳も、なだめすかそうとするのも、もうたくさんだ。そんなことしか言えないのなら、いっそ何も言わなくていい。

二藍は眉根を寄せて、一歩二歩と綾芽に近づいた。

「綾芽、違う。いいから聞け。お前を傷つけようとしているわけではない」

「嘘つけ」

綾芽は後ずさりながら言い返す。

「わたしはちゃんと知ってる。わたしがどんなに心配したって、あなたにはなにも響かない。だってあなたはもう、わたしのことなんて――」

胸の奥から、怒りのような悲しみのような、こらえようもない、どうにもならない熱がこみあげてきた。涙が溢《あふ》れて、言葉が続かない。

――もうだめだ。

綾芽は歯を食いしばり、はじかれたように踵《きびす》を返した。今は顔を合わせられない。なにを口走るかわからないし、どう諭《さと》されても受けいれられない。だから――。

ふいに二藍が、焦《あせ》ったように「綾芽！」と叫んだ。

だが気づくのが遅かった。足が空《くう》を切って、ふっと身体が宙に浮く。

足元に、岩の裂け目がぽっかりと口をあけていた。

ああまずい、落ちる。思ったときにはもう、どうにもならなかった。

一瞬、脳裏に激しい後悔がよぎる。どうしてあんなひどい言い方をしたんだろう。こんなことになるなら――。

視界が揺れて、なにも考えられなくなった。青い木々が流れて消え、湿ってごつごつとした岩が眼前に飛びこんでくる。

綾芽はそれに必死にしがみついた。けれど自分の重みに耐えられず、ずるりと手が滑る。

助けて、と心の中で叫んだ。二藍、助けて！

声にならない。最後まで引っかかっていた指も、あっという間にはがれていく。

伸ばされた二藍の腕が指先を掠《かす》めた。だが間に合わず、綾芽は暗い裂け目に引きずりこまれるように落ちていった。

岩穴の底で、しばらく衝撃に呆然《ぼうぜん》としていた。

どうやら命は助かったらしいが、頭の中は真っ白だ。

必死に自分を呼ぶ声に気づいて、ようやく我に返った。

どこから聞こえているのかはわからない。周りを見渡しても、暗闇が広がっているばかりだ。当惑《とうわく》していると、一筋だけ、はるか頭上から光が差しているのが見えた。

はっと顔をあげれば、光の先に切り裂いたようにわずかな青空と、影になった二藍と佐智の姿があった。いつも冷静なふたりがひどく取り乱しているのに驚いて、綾芽はそれだけ自分が失態をさらしたのだと悟った。

「あの……大丈夫だよ。ちょっとすりむいただけだ」

洞窟の冷気に頬《ほお》を撫《な》でられながら、おずおずと口をひらく。一瞬の沈黙ののち、佐智が盛大に息をついた。

「よかった。それだけ喋《しゃべ》れるなら、少なくとも頭はぱっかり割れてないし、首の骨も折れてないみたいだね。手足はどう。痛くない？」

綾芽は腕と足を曲げて伸ばした。思ったとおりに動く。

「問題ない気がする」

「だってさ、よかったな二藍さま」

岩の切れ間から覗《のぞ》いていた佐智の影が消える。二藍の姿は見あたらない。綾芽は二藍がふらついていたのを思い出し、心配になった。

「佐智、二藍さまは」

「大丈夫だよ、心配しなくても」

佐智の声音は柔らかかった。

「でも死ぬほど驚いたみたいだね。それで今は、なんとか冷静を装って格好つけようと……いて！　こら、人の腕つねんな！」

「怪我《けが》はあとでもう一度確認しろ。気が落ち着いてからな」

騒ぐ佐智を押しやって、二藍の声がした。その声を聞いたら、綾芽の身体から急に力が抜けた。ふいに涙が湧きあがってくる。

「どうした。やはりどこか痛むのか？」

二藍の声に焦りの色が滲《にじ》んだ。

「違う」

綾芽は涙を拭《ふ》いて、震える声であやまった。「ごめんなさい。わたしの不注意で、心配させてしまった」

二藍は黙りこんだ。かわりに狼狽《ろうばい》したような佐智の声が聞こえてくる。

「いや、待てって。あんたまで穴に入ってどうすんだよ！」

どうやら二藍は、自分も穴におりようとしているらしかった。

「どうするって、綾芽を外まで連れていくに決まっているだろう。この穴は一度落ちたら登れない。だが横穴が北の洞穴まで続いているから、そちらからならたやすく外へ抜けられる」

「いや、あたしが行くから。あんたも相当動揺してるな。自分が春宮《はるのみや》なの忘れてるんじゃないの？」

「忘れてなどいるものか。兜坂《とさか》にとっては、春宮などより綾芽の方が得がたい存在なのをお前こそ忘れていないか。ゆえにわたしがゆく。それに、わたしほどこの山の洞穴の道筋に詳しい者はいない」

「そりゃ確かにそうだけどさ……」

「とりあえず穴の底で待っているから、お前は鈴をしかるべきところに預けて、わたしが今から言うものを用意して戻ってこい」

二藍はいくつかの品を準備するよう申しつけるや、岩場に足をかけた。上から差しこむわずかな光を頼りに、どこを辿《たど》ればよいかわかっているように、するするとおりてくる。

「すごいな」

綾芽が思わず呟《つぶや》くと、

「年季が入っているのでな」

と得意げな声が返ってきた。

二藍は、危なげなく底についた。おもむろに振り返る。

綾芽は立ちすくんだ。どうしていいかわからない。うつむこうとすると、手首を強く摑まれ引き寄せられた。

二藍は、そのまま綾芽の肩を抱くようにして座らせた。すりむけた掌《てのひら》や腕を確認する。血の滲んだ肌から砂利や小石を丁寧《ていねい》に払い、懐紙《かいし》で拭う。持っていた竹筒の水で、何度も洗い流した。痛かったが、綾芽は悲鳴を呑みこんだ。

それから二藍は懐《ふところ》から軟膏《なんこう》を取りだして、綾芽の傷に塗りたくった。塗りすぎぐらいに広げて、「これくらい重ねれば効くだろう」と妙に明るい調子で言う。

ふいにぴたりと黙り、やがて静かに続けた。

「驚いた。心の臓がとまるかと思った」

「……ごめんなさい」

「大怪我しなかったのならいい。それにある意味、ちょうどよかった。思わぬところで、お前とゆっくりする機会を得た」

声だけ聞けば、二藍は至極冷静だった。でも死人のように冷えた手は、綾芽の手を引き寄せたまま、離そうとしない。綾芽はどうしようもなく胸が苦しくなった。

「……あなたこそ、身体は大丈夫なのか」

「まったく問題ない」

「やせ我慢してるだろう？」

二藍はいつもどおりに、まさか、と笑みを浮かべかけた。でもふいに息を吐き、じっと黙りこむ。

薄明かりに浮かんだ横顔は、切なく歪《ゆが》んでいて、それを見たらもう、綾芽はこらえられなかった。

「二藍、わたしの前では無理しなくていいんだよ。違う、無理しないでほしいんだ。お願いだ、辛いなら辛いと言ってくれ」

ずっと言えずに堰《せ》きとめられていた思いが、次から次へと溢れだして口を衝《つ》く。

「あなたはいつも無理をしている。心配なんだ。無理をしなきゃいけないのも、あなたが無理をして助かる人がたくさんいるのもわかる。わずかな犠牲でみんなを救うのが斎庭なのも知ってる。でもわたしはそういう誰よりも……あなたが一番大事なんだ。だから」

ふいに二藍がこちらを向いた。思いつめたような瞳と視線がかちあって、綾芽は息を呑んだ。

「……二藍？」

二藍は、見たこともない表情をしていた。今にも泣くのではと思うほど苦しそうに綾芽を見つめて、掠れた声で言葉を押しだした。

「本当は、頭がすごく痛い。身体もだるい」

綾芽は口をあけた。

信じられなかった。二藍の弱音を初めて聞いた気がした。あの、二藍の、弱音を。

「お前にそばにいてほしい」

二藍は、堰《せき》を切ったように言葉を紡《つむ》いだ。

「ずっとそばにいてほしい。誰かにくれてやるなんて嫌だ。わたしも、」

短く息を吸い、声を絞りだす。

「わたしも、人になりたい」

――ああ。

綾芽は腕を伸ばし、二藍の背を強く抱きしめた。二藍が驚いたように身を強《こわ》ばらせたのがわかったが、たとえ押しやられたって離すつもりはなかった。

「わたしだって……わたしだってあなたを人にしたい。人になってほしい。ずっと一緒にいたい」

苦しいくらいにそう願っている。

なれる、なんて言わない。そんなの誰にもわからないのだ。でもこの気持ちは本物だ。なによりも真実だ。それだけは伝えたい。すこしでも支えになるように。

二藍は微動だにしなかった。ややあって、消えいりそうな声で「そうか」と呟いた。

「……よかった」

そしてわずかに、身じろぐように、綾芽に身を寄せた。

二藍の不安と孤独を肌に感じて、綾芽は泣きたかった。このひとはいつもこうやって、ひとりで我慢してきたのだ。

でもこれからは違う。わたしがずっと一緒にいる。

まわした腕に、ひときわ力を入れる。願うように、祈るように。

岩の切れ間から白く、細く光が落ちている。

互いの鼓動だけを感じる。

一瞬だったが、長い刻《とき》が経《た》った気もした。

やがて二藍は静かに身を離した。困惑《こんわく》するような、微笑むような、複雑な顔をしている。

「悪かった。許してくれ」

「どうして謝るんだ？」

と綾芽はつとめて明るく笑った。

「あなたの幸せを踏みにじっていたのは、むしろわたしだと思っていた」

二藍は目を伏せた。

「いや、わたしが浅はかだった。そのせいでお前を傷つけてしまった。いろいろな面で」

「いろいろ？」

二藍は、ばつが悪そうに懐に手を入れる。取りだしたのは、紅だった。

「……それのことか。気にしないでくれ。あなたの言うとおりだよ。わたしにそういうのは似合わないから——」

「似合っていた」

二藍は最後まで言わせず、声を被《かぶ》せた。「このあいだも、本当は似合っていると思っていたのだ。なのに嫉妬《しっと》のあまり、馬鹿なことを口走ってしまった。許してほしい」

「嫉妬って……あなたが？　そんな、まさか」

「まさかと言われても仕方ない。わたしはしようもない男だ。なかなか素直になれず、そのくせお前が他の男とうまく関係を築いているのを見ただけで、嫉妬心を露《あらわ》にする。幻滅されるのは当然だ」

「違うよ、そのくらいで幻滅するわけがない！」

むしろ頬が熱くてたまらない。夢のようだった。いつも冷静で、自分を律している二藍が、嫉妬するほど思いを寄せてくれていたなんて。

二藍は微笑を浮かべて、紅の包みをそっとひらいた。

「もう一度、わたしに紅で粧《よそお》ったお前を見せてくれないか」

言うや自分の指の背に紅を乗せはじめる。さすがに綾芽は身を固くした。

「なにをしてるんだ」

「塗ってやる」

「やめてくれ！　わたしも似合わないと思ってたんだ、だから――」

「まあ、紅など差さなくてもお前は美しいがな」

二藍は小さく笑って腕を伸ばした。綾芽はとっさに身をよじりかけたが、その細まった目を見たらもう、動けなかった。

自然に、口がほんのすこしひらく。吐息《といき》が漏れないように呼吸を止める。

綾芽の唇を、ゆるやかに、ただ掠めるようにして、二藍の指の背が撫《な》でていった。

紅を引きおえた二藍は、小首を傾げて綾芽を見やり、満足げに息を吐いた。

「紅を差せば差したで、たいそう美しい」

綾芽は赤面した。正面切ってそんなことを言われてもどうしたらいいかわからないし、

――このまま口づけられたらよかったのに。

そんなどうにもならない思いが胸を刺す。二藍も同じように願っているのがわかるからこそ、やりきれない。二藍の瞳は、まるで叶わぬ夢を眺めるようで――。

(……いや、違う。叶わぬ夢なんかじゃない)

綾芽は短く息を吸ってまっすぐに二藍を見返した。自分の唇に手をやり、指の背で、塗られたばかりの紅を拭い去る。思いきって身を乗りだす。

「なにをする」

と声をあげた二藍の唇に、そのまま紅のついた指を押しつけた。

整った二藍のかんばせが驚きに崩れ、さっと赤らんだ気がした。

「……どうだ？　びっくりしたか？」

二藍はしばらく、呆然と綾芽を見やっていたが、やがて苦笑した。

「お前は本当にいつも、思ってもみないことを言ったり、しでかしたりするな。まったく仕方のない娘だ」

柔らかく嘆息《たんそく》すると、綾芽に背を向け、岩壁にもたれかかる。

「わたしは少々寝る。疲れをとっておきたいのだ」

どことなく照れているように感じられて、綾芽はおかしくなった。

「わかった。そうしてくれ。でも」

といたずらっぽく付け加える。「今ので満足したとは言わないでほしいな」

「……誰が満足するか。むしろ絶対に人になってやろうと決めた。覚えておけ」

ふてくされた声が返ってきたので、綾芽はひとしきり笑った。それから同じように岩に背を預け、跳ねる心臓をなだめにかかった。

やがて、二藍は静かな寝息をたてはじめた。

綾芽は起こさないようそっと立ちあがり、洞穴を見て回った。

意外に広くてひんやりとしている。別の穴に通じているらしく、風が通っていた。地にひらいた切れ目のすぐ下は水が溜まっているが、他は乾いている。触ると剝《は》がれる。柔らかい岩らしい。

ほどなく佐智の声に呼びかけられると、すぐに二藍は立ちあがった。本当に寝ていたわけではないのかもしれない。

「おふたりとも、大丈夫かい」

「まったく無事だ。そちらは？」

「鈴は弾正台《だんじようだい》が引き取った。千古も元気だよ。言われたとおり、あんたらが穴に落ちてることは妃宮《きさきみや》だけにお伝えした」

「よくやった。今後、もし尾長宮《びちようぐう》にわたしを訪ねる者がいたら、匳《くしげ》の山を散策していると伝えておけ。そうすればいろいろ好都合だ」

二藍は佐智にいくつか指示をだし、松明《たいまつ》やその他の道具を受けとった。その中に入っていた布を、二藍は手早く綾芽の腕に巻いてくれる。それから濡れた岩肌でも滑りづらい草鞋《わらじ》にはきかえた。

準備が済むと、二藍は先導するように歩きだした。

「さあ、ゆくぞ。日があるうちにここから出たい。この横穴は途中かなり狭いが、それを抜ければほとんど普通に歩いてゆける。水も溜まっておらぬし、さらに下に落ちるような縦穴もない。お前とわたしならば抜けるのは難しくない」

「よく知っているんだな。そういえばさっき、自分ほどこの山に詳しい者はいないって……」

もしかして、と綾芽は思った。「あなたは若い頃、ずいぶんここで遊んだのだな」

「遊んだというような、かわいらしいものではないな」

二藍は突きだした岩盤を器用によけ、綾芽に注意を促した。

「わたしは神ゆらぎである己《おのれ》に怒っていた。わたしを産んだ母や、斎庭や、国を恨んでいたし、神を心から憎んでいた。それで斎庭を勝手に飛びだしては、奩の山で鬱憤《うっぷん》を晴らしていたのだ」

「ひとりで洞穴に潜《もぐ》っていたのか？　王族なのに」

「ここは禁苑だ。わたしがなにをしようとわたしの勝手だろう」

投げやりに言ったあと、二藍は口調を和《やわ》らげた。

「わたしが隠れ家にしていた、誰も知らない岩屋がある。この穴からはゆけぬが、いつか連れていこう」

「隠れ家か。いいな、楽しみだ」

二藍に同情していた綾芽の心は、ほんのりと温まった。

綾芽も里に、自分だけの隠れ家を作っていた。そこに綺麗な鳥の羽根を集めていたのだ。同じようなことをしていたのだと思うと、遠い日の二藍がすぐそばに感じられる気がする。

そのうちに洞穴の幅が急に広がって、しまいには室《へや》のようになった。その中央で二藍は立ちどまり、頬を引き締めて綾芽を振り返った。

「さて、お前がここまで我慢してくれていた話をしよう」

「心術の話だな」

「そうだ。まずはさきほどの瞳の色の件。聞いて不安になったと思うが、あれはまったくたいしたことではないのだ」

「本当に？」

「誓って本当だ」

二藍の瞳は揺らぐことなく綾芽を見つめている。

そうか、と綾芽は肩の力を抜いた。

「……びっくりしたよ。泣きたくなった」

「信じてもらえぬかもしれぬが」と二藍は眉を寄せた。

「目の色が変わったからといって、神になりかけているというわけではない。疲れて息が切れるのと同じだ。心配させるだけだから言わなかった」

「そうはいっても、急に知ったら案じるよ」

「そのとおりだ。悪かった」

綾芽は静かに首を横に振った。松明の火が揺らめき、湿った岩がなめらかに光っている。

「いいんだ。でも、そんなに疲れるほど予定を詰めこまなくても、とは思うよ」

心術を使わないでくれとは言えなかった。二藍を苦しめるだけだともう知っている。

「確かにそうだな。心術をどう扱ってゆくべきなのか、これからはお前とよく相談しなくてはならない」

「……わたしの意見を聞いてくれるのか」

二藍は、「無論だ」とにこりとした。

「これはもはや、わたしひとりの問題ではない。わたしとお前のことだ」

「あなたとわたしの……」

驚きと喜びがこみあげて、綾芽は言葉が見つからなかった。そんなふうに言ってくれるとは、思ってもみなかったのだ。

「二度と心術を使うなと頼んでも、無理なんだろう？」

「今はそうだな」

二藍は穏やかに松明を掲《かか》げている。

綾芽は迷ったが、勇気をだして言葉を継いだ。

「ただの勝手な願望として聞いてくれ。それでもわたしは、できるだけ心術を使わないでほしいと思っている」

二藍は確かにうまく御《ぎょ》している。気をつけていれば、すぐには神に変じないのかもしれない。でも、人である部分を削っていることには変わりない。与えられた猶予《ゆうよ》は、心術を使えば使うほど少なくなっていく。

「わたしは、あなたにまだ余裕があるうちに、必ず人になる方法を見つけるよ。それには時間が必要だ」

二藍は黙って笑みを浮かべていたが、ふいに綾芽に向かって、自分の指先をさしだした。もう綺麗に拭い去られているが、さきほど紅をつけた指だ。綾芽は困惑して、二藍の指と顔を交互に見やった。

「……なんだ」

「約束したい」

「なにを」

「心術を使わないわけにはいかない。なぜならわたしは神祇官《じんぎかん》で、今は春宮でもあるからだ。だがなるべく、できる限り、別の方法をとるようにする。人に頼まれても安易に使わない。そうお前に約束する」

綾芽は目を丸くして二藍を見つめた。

生真面目《きまじめ》に指をさしだす様子は妙にかわいらしかったが、それだけ真剣に向かい合う証《あかし》だと思えた。確かに二藍は、一生、綾芽と共にあろうと決めたのだ。

つい目の奥が熱くなる。必死に我慢して、笑みを浮かべた。

指をそっと近づける。指の背と背がわずかに触れあい、離れた。

「これは都のやり方か？」

照れ隠しに尋《たず》ねると、いや、と二藍は笑った。

「わたしとお前、ふたりだけのやり方だ」

綾芽には、それはなにより甘い響きに聞こえた。

再び外を目指して歩きだしながら、二藍は優しい声で付け加えた。

「八杷島《やはじま》の祭官から、なんとか手がかりを引きだしてみよう」

「祭官、来られることに決まったのか？」

「そうだ。おそらくは、次の八杷島使と共に入京するだろう」

綾芽は信じられない気分だった。さっきまで、すべてが壊れそうな気がしていたのに。

喜びを噛みしめ、心に誓う。

必ず手がかりを探しだす。二藍を人にする。

絶対にだ。

しばらくゆくと道は険しく細くなった。二藍は、この穴を抜けるのは難しくないなどと言っていたが、砂利や小石に足をとられたり、大きな岩をよじ登ったりの連続で、馴れぬ悪路に息があがる。

「里では木に登って青海鳥《あおみどり》を射ていたお前も、こういう場所では苦労するのだな」

「初めてだから慎重になってるんだ。笑ってると、今度あなたも木に登らせるぞ」

ますます道は細くなり、最後には、這《は》いつくばればようやくすり抜けられるほどの狭さになった。綾芽は衣の裾を紐《ひも》でしっかりしばり、息を吐いては吸って、えいと隙間に頭を入れた。ぼんやりと光っている苔を頼りに岩のでっぱりを掴み、岩と岩の間のわずかな隙間を這う。頭上にある巨岩の重みが全部のしかかってきそうな、今にも押しつぶされるような錯覚に、肩で息をした。

なんとか頭を割れ目の先に出してみれば、再び洞穴は広くなっていた。

綾芽は安堵《あんど》の息を漏らし立ちあがった。膝に手をついていると、頭上から笑い声がする。

「そう大変でもなかっただろう」

振り仰ぐと、洞穴の壁に沿って固い岩盤が剝《む》きだしになっている。そのすぐ上、人ふたり分の高さの位置に、横穴がひらいていた。外へと通じているようで、光が差しこみ二藍の姿が影になっている。二藍はこの岩盤を登って、横穴から外に出たのだ。なにか確認したいことがあるらしい。

「木立の切れ目からちょうど斎庭が見えるのでな。旗を見ていた」

「旗？」

しばらくして再び穴の底までおりてきた二藍は、含んだ笑みを浮かべた。

「そう、赤い旗が立っていたな。これはもしかすると、当たりかもしれぬ」

なにを言っているのかと思っているうちに、二藍は歩きだす。

「なんなんだ、説明してくれ」

「佐智に、わたしが隧の山にいることを尾長宮を訪れた者に伝えろと言っておいただろう？　実はわたしは今日、権中納言《ごんのちゅうなごん》を呼びつけていたのだ」

綾芽はどういうことだと眉を寄せ、そして思いあたった。

「そうか。あなたはわざと権中納言に、隧の山にいると聞かせた。ということは……」

「想像のとおりだ」

二藍はにやりとした。「あの旗は、権中納言がおおいに慌てていることを示す。つまりはあの男らの隠した文物は、この山のどこかにあるのだな」

おそらく尾長宮を訪れた権中納言は、二藍が匬の山にいると聞いて狼狽《ろうばい》したのだ。いまごろ焦って、どこぞに隠した文物を取りにいかねばと思っている。

「もしかして、その文物を今から自分で探すつもりか？」

「とはいっても、匬の山すべてを探すのは難しい。それは弾正台《だんじょうだい》の女官に任せよう。わたしは怪《あや》しいところだけを見る」

ふいに早足になった二藍に、綾芽は慌ててついていった。

洞穴はいまや、縦にも横にも広くなっていた。平らにならされているし、歩くのもとても楽だ。

「この岩窟は、人が掘り広げたのだ」

二藍は、まるで見てきたかのように言った。

「匬の山神は、見た目は厳《いか》ついが穏やかな質《たち》だ。この辺りの岩は柔らかく水はけもよい。それを幸いと、はるか昔から人はさまざまな用途に使っていたらしい。今も斎庭に近いものは氷室《ひむろ》に使われている」

「涼しいものな。じゃあ、ここも蔵だったのかな？」

「かつてはそうだったが……さきの大君《おおきみ》の御代《みよ》はいろいろに。今は放置されている」

二藍は二股の分かれ道を右へ進んだ。

「左にゆくと、禁苑の野にひらいた穴に直接でられる。戻るときはそちらからだ」

しばらく進むと、岩窟は岩山を穿《うが》ってそのまま外に通じていた。木々の緑がはるか下に見えるから、そこそこ高い場所のようだ。斎庭も都も見えない。別の方角なのだろう。

ひらいた穴には、組んだ木が格子《こうし》状に嵌めこまれて、人の行き来を阻《はば》んでいる。綾芽たちがやってきた通路との境にも同じく格子があるから、まるで牢獄だ。

「ちょっと庭獄を思い起こさせるな」

綾芽は斎庭にある、岩窟を利用した牢獄を思いうかべた。

「同じようなものだ。ここも牢だった。昔はな」

二藍は、あまりその話に触れたくないような表情だ。

「やっぱりか。でもそれにしては、調度がよいな」

どれも埃《ほこり》を被ったり、朽《く》ちたりしているが、厚みのある畳や、立派な錦《にしき》が使われた几帳《きちょう》ばかり。手水鉢《ちょうずばち》の類《たぐい》は漆《うるし》が塗られて、明らかに高位の貴族や王族の使うものに見えた。

「先代の頃は、そんな調度を使う者が入れられた牢だったのだ。例えばわたしの母」

「あなたの母君？」

「神ゆらぎだとわかった息子を害そうとしたのでな。まあそんなことはどうでもいい。とにかくここは忌《い》むべき場所として、今は誰も立ちよらない。ことにわたしは近づきもせぬだろうと誰もが思う。だからこそ……」

調度をひっくり返していた二藍は、笑みを浮かべて振り返った。「見ろ」

ぼろぼろの畳の下に、明らかに新しい長櫃《ながびつ》が隠されている。あけてみると中には、綾芽が見たこともないような、色とりどりの玉《ぎょく》を連ねた長い首飾りや、三彩の施《ほどこ》された陶器の人形、明らかに玉央大島《ぎょくおう》の意匠《いしょう》が織りこまれた錦などが詰めこまれていた。

「これは……」

はっとして、綾芽は二藍を仰いだ。「権中納言の隠した文物か！」

「そのようだな。疑われていると知り、慌ててここに隠したが、だすにだせなくなったのだろう」

二藍は楽しそうに言って、中のものをひとつひとつ検《あらた》めた。首飾りを二連ほど選んで懐にしまいこむ。それから短刀を抜いて、錦に織り込まれた文様を切りとった。

「この藤の文様があるだろう。これは権中納言家が衣に入れるものだ。玉央に頼んで織らせたのだな。足がつくだろうに、馬鹿な真似を」

二藍は切り取った錦の一切れを綾芽に持たせ、もう一切れを自分の懐にしまった。あとは用なしとばかりに、すくりと立ちあがる。

「さあゆくぞ。帰ろう」

「……そうだな」

綾芽は迷ったが、なにも言わずにあとに続いた。二藍の母の話が気になる。でも二藍が触れないものを、暴く必要はないだろう。

禁苑へ抜ける二股の分かれ道にちょうどさしかかった辺りで、二藍は唐突に立ちどまり、すばやく綾芽を制した。

「どうした……」

尋ねかけた綾芽は、息を呑んだ。

二股の辺りに影がある。男だ。ひとりふたりではない。少なく見積もっても五人はいた。みな帯刀し、こちらを睨みつけている。服装から男衛士《おとこえじ》かと思ったが、かもしだす雰囲気を見るにそうではなさそうだった。

「どちらの者だ？　衛士ではないな。ここを禁苑と知っての立ち入りか？」

二藍は穏やかに問いただしながら、後ろ手で綾芽に短刀を渡した。二藍が丸腰になることに綾芽はためらいを抱いたが、ここは受けとった方が得策だ。二藍が注意を惹《ひ》きつけている間に、虚を衝《つ》くことができるかもしれない。

男たちは黙っていたが、やがて髭《ひげ》を生やした先頭の大男が太刀《たち》を抜き放った。倣《なら》うように、次々と全員が抜刀《ばっとう》する。

綾芽は思わず二藍の狩衣《かりぎぬ》の背を握った。いざとなればうしろに引っ張って、短刀を持っている綾芽が前にでられるように。

しかし二藍は、あくまでにこやかな表情を崩さなかった。

「物騒な。さてはわたしの懐にあるものを奪い返したいのか? どうなのだ。黙っていてもわからんぞ。どちらについた方がよいのか悩んでいるのなら、相談に乗ってやらぬこともないが」

男たちは依然《いぜん》として黙っている。そのまま、じりじりとこちらに詰めよってきた。刃《やいば》が松明の火を受け、ぎらりと光る。二藍は一歩も引かなかったが、心術を使う覚悟を決めたのが、綾芽にはわかった。

(だめだ)

綾芽は歯噛みした。あれだけ疲労困憊《こんぱい》していた二藍が、五人も相手に心術を使ったらどうなる。それだけは絶対にやめさせなければならない。なんとか他の手で切り抜けなければ。

二藍の背中に隠れて震えているふりをして、とっさに周囲を見やった。禁苑に抜けるという左の道は、男たちで完全に塞《ふさ》がれている。

——でも、さっき通ってきた方へなら、なんとか逃げられるかもしれない。

意を決するまでに時間はかからなかった。綾芽は胸に息を吸いこんで、思いきり指笛を吹きならした。

きん、と耳をつんざく音が岩窟に響き渡り、こだまする。男たちが動揺した。すかさず綾芽はいたいけな女嬬を装い、二藍に縋《すが》りついて声を張りあげた。

「二藍さま、もう大丈夫です。これで禁苑に待たせていた衛士たちがやってきます！」

「おおそうだな、忘れていた」

二藍も、さも安堵《あんど》したかのように綾芽の頭に手を乗せる。

「確か三十はいたな。あれらがみな駆けつければ、この者どもなど骨も残らぬだろう」

男たちの表情がたちまち険しくなった。両手で太刀を握りしめ、後ろを振りかえる。

——今だ！

綾芽と二藍はほとんど同時に、松明と短刀を男たちに向かって投げつけた。そして互いを引っ張りあうと、さきほど来た道へ駆けだした。

先頭の男が身につけていた藁《わら》の腰巻きに火が移り、すぐ隣の男の肩口を短刀が切り裂いた。ふいを衝かれた男たちは叫び声をあげ、混乱を極めている。その隙にひた走る。

「なぜ短刀まで投げたのだ！　武器を捨てるな！」

「だって、あなたが松明を投げるとは思わなかったんだ！　暗いじゃないか！」

差しこむ光を頼りに、外へと出られる横穴のある場所を目指す。ひやりと冷たい洞穴の中を風が流れる。ぜいぜいと息があがる。

「先に行け。その右側の亀裂に手をかけろ。そうしたら下から押してやる」

横穴の下で、二藍は綾芽を先に押しあげた。

「あなたはどうするんだ」

「すぐ続くに決まってるだろう。わたしが心配なら早く行け」

男たちの叫び声が近づいてくる。綾芽は口を引き結んで、岩のでっぱりに手を伸ばした。思ったよりも簡単に岩盤の頂《いただき》に手がかかる。

草の匂《にお》いが鼻をつくなか、なんとか平らなところまで這いあがった。ほうぼうに転がる石を拾って二藍を援護しようとして――凍りついた。

すぐ目の前、触れられるほどの近さに、大きな白い狼《おおかみ》がいた。

行く手を塞ぐように、双眸《そうぼう》を爛々《らんらん》と光らせて綾芽を見つめている。

どうやら綾芽の、腕に滲んだ血が気になるようだ。わずかに口がひらかれた。尖った牙がずらりと並んでいる。

思わず綾芽はふらりとあとずさった。血の匂いに引きよせられた狼は、きっと綾芽を獲《え》物《もの》だと思っている。逃げなければ。

足が滑り、再び穴に落ちそうになって我に返る。だめだ、戻れるわけがない。

緊張と絶望で、たちまち息が荒くなる。

そうしているうちに、思ったよりも早く男たちの声が迫ってきた。二藍が登ってくる気配はない。洞穴の中に目をやれば、二藍は黙って迫り来る男たちを見やっている。賊に追いつかれて登りきれないと悟ったのか。

(どうする。どうしたらいい)

額を汗が流れ落ちる。

狼はただ、じっと綾芽を見つめている。とにかく今は、二藍を助けなければならない。いっそわたしが穴に飛びこんで、血に飢えた狼を誘いこむか――と綾芽が覚悟を決めたときだった。

「もしかして、あなた困ってるの？　助けてあげましょうか？」

白狼《はくろう》が、喋《しゃべ》った。

「な……」

綾芽は驚愕に息を呑んだ。二藍を助けることも、男たちから逃げることも、なにもかもが一瞬、頭から消えさる。

狼が喋ったからではない。

この声は。この口調は――。

「……まさか、那緒《なお》か？」

聞き間違えるはずもない。

これは那緒だ。綾芽の喪《うしな》った、大事な大事な親友の声だ。

ふいに思い出す。あのとき――死した那緒の御霊《みたま》と再会したとき、那緒は、もう自分は人でも死人でもないと寂《さび》しそうに言っていた――。

綾芽は縋るように膝をついた。堰を切ったように言葉が溢れる。

「那緒、那緒なんだな？　今までどうして……いやそれよりお願いだ、二藍を助けてくれ。このままじゃ心術を使うしかなくなる。死んでしまう」

狼は、白い毛に覆《おお》われた首を少しだけ傾ける。

「……なにを言ってるのかよくわからないけど、とにかく困っているのね。助けたいのはどちら？　あなたと一緒に来た男？　それともうしろの刀を持った男たち？」

「那緒じゃ……ないのか？」

綾芽は戸惑《とまど》って、もごもごと尋ねた。声も話し方も那緒そのものなのに。

狼は前足をぺろりと舐《な》める。

「『ナオ』じゃないことは確かね。わたしには名がないもの。最初からないの」

呆然とする綾芽の前で、「でも」と狼は伸びをした。

「あなたがナオって呼ぶなら、それをわたしの名前にしようかしらね。名前をくれたあなたのために、男を助けてあげる。一緒に来た男を助ければいいんでしょ？」

言うや狼は数歩さがり、天に向かって一声吠《ほ》えた。

たちまちどこからか灰色の狼が数頭集まってきた。綾芽になど目もくれず、白狼を先頭にして、次々と洞穴へ飛びこんでいく。

間を置かず、洞穴の中からは恐ろしい悲鳴が聞こえてきた。続いてなにかが折れる音。

ふいに、嘘のように静かになる。

（どうなったんだ。二藍は無事なのか？）

綾芽は震える足を叱咤《しった》して立ちあがった。そろりと穴に近寄り、恐る恐る中を覗きこむ。

「二藍……？」

にゅっと白い手が穴から出てきて、綾芽は「わ」と叫んで尻餅《しりもち》をついた。

すぐに男が姿を現す。もちろん二藍だった。珍しく呆然としている。

二藍は横穴から這うように出ると、そのまましばらく息を整えていた。身を起こしたところに、綾芽はすがった。

「二藍！　狼が」

「わかっている」

二藍は、自分自身を落ち着かせるように綾芽の肩を叩くと、立ちあがった。引き絞って括《くく》っていた袖を戻し、装束を整える。促《うなが》されて、綾芽も慌ててそれに倣った。

二藍は肩についた土を払うと、地にひらいた横穴の暗がりに向かってかしこまった。懐から、さきほど得た権中納言の文物、宝玉の首飾りの一連を取りだして捧《ささ》げ持ち、深く頭《こうべ》を垂れる。

「畏《おそ》れかしこみ、申し奉《たてまつ》ります。我が名は兜坂国の春宮、有朋《ありとも》。通称は二藍と申します。こちらは我が妃、綾芽。此度《こたび》はお救いいただき、なんとお礼を申しあげればよいか。どうぞこちらをお納めくだされよ」

一瞬の間のあと、綾芽の背二つ分はある穴を、白狼が軽やかに躍《おど》りあがってきた。

二藍の目の前で、四本の足を踏みしめ胸を張る。頭を低くして二藍の匂いを嗅《か》ぎ、その顔を右から左から見やった。

「なんだか妙に神くさい男ね。あなたの連れ、本当に人なの？」

狼の視線が綾芽に落ちる。綾芽は慌てて二藍と同じく頭をさげた。

狼はしばらく首飾りを嗅ぎ回ると、うん、と鼻を鳴らした。

「まあいいわ、もらってあげる」

「ありがたい。あなたさまをなんとお呼びすればよいでしょうか」

「今日からナオって名乗ることにするわ。その子が名をくれたの。あなたがよい字を当ててくれる？」

二藍は顔をあげ、わずかに眉を寄せた。

「それでは、尚《なお》とお呼びいたしましょう。いつかかならず、斎庭にお招きいたしますゆえ、どうか平らかにあられよ、尚大神《なおのおおかみ》」

そうして二藍は狼――尚の首に飾りを通した。尚は目を細めて身体をふるうと、くるりと身を翻《ひるがえ》す。そのまま振り向きもせず、軽やかに木立の向こうに消えていく。

「待って、待ってくれ！」

思わず手を伸ばしかけた綾芽を、二藍は押しとどめた。

「あれは那緒ではない」

「でも那緒の声をしていた！　口調だって」

「確かに御霊は那緒のものだが、いまやあれは神だ、わたしたちの知る那緒ではない」

あまりに冷静な二藍の声に、綾芽は怒りを抱いて、二藍の手を振り払おうとした。

二藍は、そんな綾芽を無理矢理に座らせる。

「わかっているはずだ。那緒は死んだ。わたしたちを助けるために死んだのだ。すべてを忘れ、煙と消えるはずだったのに、己の意志ひとつでその理《ことわり》に逆らった。だからこそ、あのような姿でわたしたちの前に現れた」

綾芽の親友は自ら死を選んだ。石黄の陰謀の真相を伝える、ただそのためだけに。その代償に、御霊は消えること適《かな》わず、狼の姿でこの地に残ってしまったのだった。

「だが案ずる必要はない。御霊はああして残ってしまっても、那緒としての心は無事に無に還《かえ》ったようだ。あの娘は己を忘れられた。幸せなことだろう?」

綾芽は答えられなかった。

自分の生きてきた記憶も、大切な人がいたことすらも、すべてを忘れる。確かに兜坂では、それこそが死者の幸せだ。たとえ那緒の御霊そのものは消えなくても、那緒が那緒として生きた記憶をすべて失うことができたのなら、それでいい。喜ぶべきだ――。

――なんてとても思えない。納得できない。

「幸せなわけがない」

「綾芽」

「だって那緒は、人でも怨霊でもないものになってしまったんだ! 声だけ同じで、中身は全然那緒じゃないものになってしまった。わたしやあなたのことだって忘れて……。あなたは、あんなものを見せられて辛くないのか?」

「辛くない。むしろ嬉しかった」

「嬉しい? 意味がわからない、なんで――」

「よく聞け、綾芽」

二藍は綾芽の両肩を押さえ、嘆《なげ》きに歪む瞳をまっすぐに見つめた。

「なぜあの神がお前を助けてくださったのか考えろ。お前の友はなにも変わっていない。お前の諦めぬ心を、優しさを、まっすぐさを好ましく思うのは、いつだって同じなのだ」

「そんなこと言ったたって……」

綾芽は奥歯を噛みしめた。そのとおりだと思える気もした。二藍の声には熱が籠もっていて、綾芽を励まそうとする思いやりが溢れていたから。

「……あの子は、いつもわたしを助けてくれるんだ」

長く黙りこんだあと、綾芽は絞りだすように言った。「そうだな」と二藍は綾芽の肩に手を置いて、静かに笑う。

「わたしたちは、那緒に助けられてばかりだな」

その声があまりにも優しくて、綾芽はもう我慢できなかった。

声をあげて泣く綾芽の背を、二藍はずっと、落ち着くまで抱いていてくれた。

一度はやんでいた風が、再び岩肌を撫ではじめた。

綾芽が装束を整えて立ちあがると、二藍は横穴の傍《かたわ》らで、じっと考えこんでいる。綾芽が寄ってきたのに気づいて、ぽつりと尋ねた。

「それにしても、妙ではないか？」

「さきほどの男たちか」

「そうだ。権中納言がさしむけた私兵かと思ったが」

尚が引き連れてきた狼は、男たちを食い散らかしたあと、禁苑へ抜けていったようだ。弾正台の女官らと鉢合《はちあ》わせをしていないよう願いつつ、綾芽も二藍の隣に並んでそうっと穴を覗いたが、すぐに顔を背《そむ》けた。

「それにしては到着が早くないか？　あなたが岩山にいると知った権中納言が慌てて兵を差し向けたとしても、もっと時間がかかるだろう」

「そうだな。それにおかしい。あれが権中納言がよこした私兵なら、当然わたしが懐に潜ませていたものに見当がつくはずだ。だが誰もわかっていないようだった。かといって、詳細を知らぬ雇われの兵かと思って報酬で釣ろうとしても反応が鈍《にぶ》い。ならば――」

二藍は顔をあげた。

「あれらの者は、なぜわたしたちに刃を向けたのだ？」

綾芽は考えこんだ。なぜだろう。今にして思えば、殺すつもりだったとも考えられない。せいぜい捕らえようとしていたか、脅《おど》しか。

「あなたの政敵か?　春宮になってほしくなかった者が、脅しにによこしたとか」

「それでは外庭のほとんどが当てはまる。……だがその線はありえるな」

二藍は綾芽の言葉を吟味《ぎんみ》していたが、とにかく、と衣の裾をはたいた。

「弾正台の武官もそろそろ到着するだろう。権中納言の文物だけでなく、そこの男らの持ち物も回収させておこう。我らは帰ろう。さすがに疲れた」

「そうだな……」

ふっと綾芽は顔をあげた。

「どうした？」

二藍に問われ、いや、と首を振る。

今、ふと思ったのだ。

もしかしたらあの男たちはただ――二藍に心術を使わせようとしていたのでは？

だから斬りつけてこなかったし、文物にも金にも興味がなかったのでは？

だがそれは口にせず、綾芽は立ちあがった。さすがに考えすぎだし――そうやって二藍を破滅させようとしている者がいるかもしれない事実が、恐ろしかった。

第六章　雨に嵐にひょうと射る

霖《ながあめ》の時季が明けてすぐ、斎庭《ゆにわ》に大風の神を勧請《かんじょう》する日がやってきた。

尾長宮《びちょうぐう》の南庭《なんてい》を流れる遣《や》り水の近くで綾芽《あやめ》が涼をとっていると、二藍《ふたあい》が慌《あわ》ただしく南の対《たい》に戻ってくる。

二藍は見慣れぬ装束《しょうぞく》をまとった綾芽を認め、わずかに眉を持ちあげた。

「ほう、舎人《とねり》姿か。なかなか頼りがいがありそうだ」

今日の綾芽は、鮮やかな朱色の袍《ほう》、背に弓矢という、女舎人の装束を身につけていた。大風の神を誘導する射手の千古《ちこ》につきそい、助ける役を務めるのだ。

綾芽は高欄《こうらん》の前に歩み寄って、そわそわと言った。

「似合っていたら嬉しいんだけど」

「似合っている」

二藍はいかにも女を褒《ほ》め慣れた神祇官《じんぎかん》の高官らしく、さらりと口にする。

「まあ、とはいえわたしには、お前はなにをまとっていても美しく見えるからな。参考にならぬ意見だろう」

「な」

「千古をしっかり支えてやれ。頼んだぞ」

二藍は笑って付け足した。少々照れた様子が伝わってきて、綾芽も赤くなった。

斎庭は、あいもかわらず忙しい。だが二藍と綾芽の間に限っていえば、このあいだまで落ちこんでいたのが嘘のように穏やかだった。

これまでは、手を取りあったままどうしたらいいのかわからなくなっていたのだ。でも今はしっかり地に足をつけて、心からの確信を持って手を握りあっている。そんな気がする。

「えっと、それでなんだっけ」

綾芽は緩《ゆる》む頰《ほお》をなんとかひきもどして、照れ隠しに声を張りあげた。

「そうだ、もう岩山に隠してあった文物は回収できたんだろう？　権中納言《ごんのちゅうなごん》は捕らえたのか？」

袖を引っ張っていた二藍は、「いや」とこちらを向いた。

「大君《おおきみ》は、今日の神招きが滞《とどこお》りなくすんでから動かれるおつもりだ。権中納言も、腐っても公卿《くぎょう》だ。慎重にいかねば」

「そうか」

きっとうまくいくだろう。今頃権中納言は、戦々恐々としているに違いない。

「ところであなたは結局、今日はどちらの神招きに参じるんだ。桃危宮《とうきぐう》の方か？」

今日は重要な祭礼が二つ、刻《とき》を同じくして行われる。

まずは綾芽も参加する、大風神の勧請。祭主は妃《きさき》の高子《たかこ》で、射手が千古。

もう一つ、点定神《てんじょうしん》の二度目の来訪も今宵《こよい》に行われる手はずだった。

今季、どれだけの稲を献じるのかを決める祭礼である。こちらは桃危宮にて、妃宮《きさきみや》・鮎《あゆ》名《な》が祭主となって催される。

「わたしが桃危宮に参じても、よいことはなに一つない。悔しいが、玉盤神《ぎょくばんしん》にいいように使われるだけだ」

二藍は小さく息を吐いてから、頬を緩めた。

「ゆえにお前や千古と共にゆく。できる限り手を貸そう」

「本当か？　よかった、嬉しいよ」

ひとりでも頑張るつもりだが、二藍がそばにいてくれれば、これほど心強いことはない。

「絶対、大風を引き寄せてみせよう」

拳《こぶし》を握れば、「そうだな」と二藍は笑みを返してくれた。

その後、連れだって高子の妻館《つまだて》に向かった。

妃位の花将《かしょう》の館はそれぞれ、桃危宮を囲むように建ち並んでいる。高子の館は、桃危宮のすぐ目の前だった。一町《いっちょう》はある、広大な屋敷である。

「みなさま、おあがりくださって」

高子は、普段は庭に控えるところの綾芽と千古を昇殿させた。それだけ重要な役目を負うからだ。さっそく斎庭の地図を広げ、大風の神を導く道のりを、檜扇《ひおうぎ》の先で次々と示す。

「まずは北西、天梅院《てんばいいん》に神を降ろします。門を出たらすぐ東に向かい、次の辻《つじ》で南に折れてしばらくまっすぐ。尾長宮の辻でもう一度折れたら、桃危宮の門前までいって、そこからわたくしの屋敷の門へ――このような次第でよいですね？」

「仰《おお》せのとおりに、高花のおん方」

千古がしなやかに頭をさげる。二藍がうなずき、高子は目を細めた。

「此度《こたび》の神招きは、我が館の門に至れば成功したようなものです。わたくしのもてなしに失敗する要素はいっさいございませんもの。ということで、よろしくお願いいたしますわ、皆々様」

すごい自信だと綾芽は思ったが、高子が優秀な花将なのは知っているから、驚きはしなかった。

それに高子の言うとおり、今回の神招きは、妻館の門に入れさえすればこちらの勝ちだ。大まかな道のりを確認したあと、綾芽たちは射通さなくてはならない筒の位置と、場所を確認した。

筒は辻の中央に置かれる。ひとつの辻にひとつ。

天梅院の門前から、高子の館の門前まで、全部で八つを射ねばならない。使える矢は、五色《ごしき》の羽のついたものが二十。

「ひとつも外さず射通せますの？」

高子の問いかけに、千古はにっこりと返した。

「無理でございましょう。でも十本は残してご覧にいれます」

まあ、と高子は扇を揺らしたが、千古が本気なことは、ずっと練習を共にしてきた綾芽にはわかっていた。そして充分、その実力が千古にはある。

千古は高子と二藍に頭をさげるや立ちあがり、颯爽《さっそう》と出ていった。

「我らも参りましょう」

高子を促《うなが》し、二藍も立ちあがる。綾芽も続こうとしたが、「お待ちになって」と高子に呼び止められた。

高子はふっくらとした白い手をさしだしている。綾芽はその手を握り、目をつむった。ほどなく目をあけ、請《う》けあった。

「大丈夫です、高子さま」

「ありがとう、綾《あや》の君」

高子はにっこりと微笑んだ。

この気位《きぐらい》の高い妃が、根は真面目《まじめ》なひとだと知っている。事あるごとにかならず綾芽に手をさしだす。心術にかかっていないと——信頼してほしいと訴えているのだ。

天梅院まではものの七、八百歩である。綾芽は小走りに駆けていって、千古と弓矢の最後の点検をした。すこし迷ったが、綾芽も弓を背負うことにする。

「女孺《にょじゅ》が弓矢を背負う必要はないんだよ」と言いつつ、千古は綾芽の弓の調子も真剣に確かめた。

「こうやってひとつひとつ、堅実にやるのも、斎庭中《ゆにわのちゅうじょう》将への近道だからね」

「そうですね」と綾芽は笑った。

牛車《ぎっしゃ》で二藍と高子が到着し、天梅院の主《あるじ》、太妃《たいひ》に挨拶《あいさつ》をした。今は綾芽の力のことを忘れてしまった太妃は、二藍を疑い深く見やったが、表向きは歓待してみせた。

「最善を尽くすように。とくに二藍、お前は春宮《はるのみや》としての初の大祭礼であろう。粗漏《そろう》なきよう」

「ご安心くださいませ、義母君《ははぎみ》」

二藍は深く頭をさげていた。平気なふりをしているが、内心は辛《つら》いだろう。自《みずか》ら太妃の記憶を消したからこそ。

いつか、すべてがうまくおさまればいいと心から願う。ほんのいっときだったが、どこの馬の骨ともわからない綾芽を、太妃は丁重に扱ってくれた。柔らかな視線は、綾芽を物《もの》申《もうし》の力を持った娘としてだけではなく、愛《いと》しい息子の妻として見ていたように思えた。

挨拶が済むと、高子は庭に出て、梅の古木の前に祭壇を設《もう》けた。

神が斎庭に入ってくる際は、壱師門《いちしもん》を通るか、このように古木や巨石、深き池を伝って降りるかの二通りがある。

此度の大風の神は、この梅に落とす。

高子が、招神符《しょうしんふ》という神を招く祭文《さいもん》を読みあげるうちに、周りの木々がざわざわと揺れはじめた。ついさきほどまで空は明るく晴れていたのに、いつのまにか天梅院の庭だけは、まるで大風の前の不気味な静けさが渦巻いている。

そのうちに、見る見る風が強くなってきた。呼応するように、千古が矢なしの弓を高く掲《かか》げて、天に向かって大きく構えた。

勢いよく引き放ち、弦《つる》の音を響かせた瞬間、古木の前に一際《ひときわ》大きく風が舞いあがり、なにものかが姿を現した。

ほんの小さな白蛇だ。小指より細い。赤い舌をちろちろと出し、どちらに行こうか思案している。すかさず千古は矢をつがえ、天梅院の門外に置かれた円筒土器を目がけて射た。

矢は筒に易々《やすやす》と突き刺さり、筒が音を立てて割れる。中に詰まっていた五色の米が勢いよく溢《あふ》れ、地にこぼれ落ちた。

小さな蛇は何事かと首をもたげ、その目に五色の米を認めると、ゆるやかに筒の方に這《は》いはじめた。するりと進むうち、その胴体が瞬《また》く間に膨《ふく》らんでいく。本物の嵐が、風も雨も呑みこんで太っていくように。

素早く人の間で視線が交わされる。揺れる木々の間を縫って、高子は裏の門へ急いだ。妻館《つまだて》へ戻り、神を迎える準備を調《ととの》えるのだ。

綾芽らは割れた筒のもとへ走る。蛇はまだ小さく、動きは遅い。踏まないように追い越して、蛇より先に筒にたどりついた。

筒の周りに散らばった五色の米が、咲き乱れる花のようだった。千古はその米粒をしっかりと踏みしめ、次の辻に置かれた筒へと弓を引き絞る。

まだ風はそう強くない。しかし綾芽が振り向けば、白蛇の胴体は、すでに綾芽の手首よりも太くなっていた。

神蛇がようやく割れた円筒にたどりつく。その赤い舌を零《こぼ》れた米に伸ばそうとしたちょうどそのとき、綾芽は「今です」と声をあげた。

たちまち千古の弓から矢が放たれた。次の筒が割れた音が強風に煽《あお》られ、大きく耳に届く。今にも米を口に入れようとしていた蛇は、急に興味を失ったようにその場を離れ、新たに割れた円筒の方へ身を向けた。するすると音もなくそちらへ這いはじめる。

「この繰り返しで、高子さまのところまで連れてくんだな」

「そうだ」

言葉を交わしながら、綾芽たちは次の辻へ走った。筒の割れたところへ大風神——白蛇は向かう。だがもし途中で五色の米を口にしてしまうと、神招きはそこで失敗だ。限界まで引きつけて、次の筒へと注意を向けさせねばならない。

今度の辻では、大風の向きを変える。南に曲げたいから、北から南へ射ることになる。

「風が強くなってきた。南西から北東に流れている。押し戻されるぞ」

二藍が煽《あお》られる袖《そで》を押さえつつ叫んだ。千古はうなずくと、しばらく睨《にら》むように前を見つめて風を読み、やがて矢をつがえた。

綾芽は息を殺して白蛇を見張る。小さな弧を連ねて身を揺らし、蛇は瞬く間に目の前にやってきた。一瞬、風が弱くなる。蛇が頭を高くもたげ、五色の米へと首を伸ばす。

「今です」

矢が音立てて飛ぶ。風に戻され、惜しくも筒の目の前に落ちた。すかさず千古は二の矢を射る。今度は当たった。

綾芽の脚と同じくらいの太さになった蛇が、次の米を得ようと動きだす。思わぬ速さに、綾芽たちは抜かれじと、路《みち》を風に逆らい駆けた。顔の前に腕をかざしつつ、二藍が千古に問いかける。

「文献どおり、この道の大風は速いな。間に合うか？」

「お任せを。次から一矢《いっし》も外さなかったら、愛妾《あいしょう》にしてくださいますか？」

「お前はこんなときに、そのような取引をもちかける女ではなかろう」

二藍がたしなめると、千古はひどく幸せそうな顔をした。

千古はその後も冷静に矢を射続けた。いまや大風の神を勧請しているのか、それとも本物の大風に見舞われているのかわからないほど風は猛《たけ》っている。

綾芽は飛ばされないよう、背負っていた弓を両手に抱《かか》え、前のめりで先を急いだ。うしろからやってくる大風は、いまや太々とした大蛇の姿である。牛さえも丸呑みできそうだ。さきほどより速さは落ちたが、近づけば風ばかりでなく、正面から叩《たた》きつけるような雨が身体中を刺してくる。もはや弓矢を守るのが精一杯だ。

（でも大丈夫。次で最後だ）

綾芽はずぶ濡れの顔を腕で拭《ぬぐ》い、周囲を見やった。

賢木大路《さかきおおじ》の突き当たり、桃危宮の巨大な門の前だ。嵐に霞《かす》む彼方《かなた》には、壱師門が赤く揺らいでいる。しかしそこまでゆくことはない。

あと一矢《いっし》、目と鼻の先の、高子の館の門前にある筒を割れば終わりだ。

千古は、ここに至っても落ち着いた様子で弓を引き絞る。

勝った。誰もがそう思った。

――しかし。

「どうした」

二藍の驚く声に、大蛇の赤い目を見つめていた綾芽は振り返って、愕然《がくぜん》とした。千古は弓をおろしてしまっている。それどころか右腕を押さえ、顔を青くしていた。

「気をしっかり持て。具合が悪いのか」

「わかりません。ただ……手が震えてしまって」

確かに傍目《はため》にわかるほど、千古の腕は震えていた。二藍は口をひらきかけ、ぐいと結んだ。素早く千古の腕を取り、様子を見る。

そして、胸を大きく上下させて千古と目を合わせようとした。

「腕におかしなところはないが、気が疲れているのかもしれぬ。だが大丈夫――」

「だめだ！　心術は使うな！」

綾芽は激しい風に押されるように、二藍を突き飛ばした。

「なにをする！」

「巻子《かんす》にだめだって書いてあっただろう！」

千古にはもう、このあいだの心術がかかっている。その上から別の心術を重ねるのは危険だし、千古が再起不能になるかもしれない。

「ならばどうするのだ！　ここまで来て……」

二藍は両手を強く握りしめた。刺すような瞳を、今にもやってくる大蛇に向ける。

すぐさま口元を引き締め、綾芽に向き直った。

「お前がやれ。射通せ。お前ならできる」

綾芽は目を見開いた。すぐに同じくらい真剣な表情を向ける。

「わかった」

千古の背から予備の矢をとる。短く息を吸って弓を引き絞った。今まで千古が射通してきた距離より、はるかに近い。落ち着いてやればできる。できるはずだ。

二藍が射手を守るように、大蛇に立ちはだかった。

二藍よりはるかに体高のある、もはや牛車よりも巨大な大風の神は、割れた土器に近づき悠然と頭をくねらせていた。神光眩《しんこうまぶ》しいかんばせをのそりと近づけ、人など簡単にひと呑みにできそうな顎《あご》を、散らばった五色の米に伸ばす。

立ちはだかる二藍ごと、呑みこまんとするかのように。

「気にするな。集中しろ」

綾芽は二藍に向けかけていた視線を戻した。そのとおりだ。ただ眼前の的《まと》にすべてを向ける。己《おのれ》のすべきことをなせ。

ぞり、ぞりと鱗《うろこ》が軋《きし》む音がする。凪がやむ。

「今だ。放て」

響いた二藍の声は静かで、この場にそぐわないほど穏やかだった。

ふいに身体から力が抜けた。心を取り巻いていたなにもかもが消えて、視界にはただ、筒だけが映る。ひねりを利《き》かせて右手を放す。弓にもっていかれそうな身体を留めて、まっすぐに飛ばす。

放ったときには、当たると確信していた。

最後の的は、円筒に鶏《にわとり》が乗った形をしている。その鶏の胴に、綾芽の矢は深々と突き刺さった。

土器の割れる音を聞くや、大風神は鱗を軋《きし》ませそちらへ頭を向ける。

最後の筒には、米は詰められていなかった。代わりに門前では、高子が女官を引き連れて待っている。五色の米を山と盛った折敷《おりしき》を捧《ささ》げ持ち、深く頭《こうべ》を垂れていた。


同じころ。

風雨にさらされる桃危宮の拝殿で、鮎名はじっと鋭い目を前へ向けていた。

視線の先には、漆塗《うるしぬ》りの大きな盤がひとつ。磨いた石が並んでいる。

それを、いっさい感情のない横顔で眺めているのは、刺繡《ししゅう》がふんだんにあしらわれた西《せい》沙《さ》の装束をまとった女——点定神だった。

点定神はその長い指を伸ばし、石をまたひとつ取りあげた。紗《しゃ》の袋に入れる。

(これで、三つ)

鮎名の口の端に力が入る。これで十のうち三の稲が枯れるのが決まった。

問題は、どこまで石を奪われるかだ。

(四。ここまでなら、なんとか耐えられる)

風が一際強く吹きこんだ。煽られた几帳《きちょう》が、ばたりと倒れた音が響く。

大風の神は、今まさに桃危宮へ近づいている。蔀戸《しとみど》をすべてあげ、御簾も巻きあげた拝殿には、猛りくるった風が入りこみ、行き場をなくして暴れ回っている。

雨粒が、鮎名の頬を強く叩いた。もちろん、点定神の美しく整ったかんばせも。

(さあ、風がいやまして強い。雨も轟々《ごうごう》と吹きこんでいるぞ)

粛々《しゆくしゆく》と指先を合わせ、深く頭を垂れながら、鮎名は挑発するように胸中でつぶやいていた。

(西沙とは、雨のほとんど降らない土地と聞く。さぞ不快だろう、この天気は)

――大風の勧請の日に、点定神の祭礼をぶつける。

そんな策を思いついたと話したら、二藍は薄く笑った。『私もです』と。

この西沙の点定神は、今まで五度兜坂《とさか》を訪れている。記録によれば、毎度六から九あまりの石を持っていく。それだけ持っていかれれば大凶作となる。

だがそのうち一度だけ、なぜかとられた石の数が目に見えて少ない年があった。

「その年の祭礼の日に、大嵐が来ていたようですね」

黄の邦《きくに》が選ばれた夜、そう二藍は扇を揺らした。

「西沙は雨が少ない土地だ。まして嵐などほぼ来ることはない。この年に奪われた石が少なかったのは、西沙生まれの点定神が嵐を嫌って、早く帰ったから――とお考えなのでしょう？」

そのとおり、と鮎名は答えた。無論、推測にすぎない。理《ことわり》の神たる玉盤神が、雨を嫌っているると考えること自体がおかしいのかもしれない。他の原因があったのかもしれない。

(だが今は、賭けるしかないのだ)

突風に襲われ、拝殿が音を立てて揺れる。鮎名の、控える女官らの釵子《かんざし》が軋む。巻きあげた御簾がばたばたと暴れ、蔀戸がいくつか落ちた。

石をとろうとしていた点定神を、いっそう強く雨粒が襲う。

いっさい感情のないはずの横顔が、わずかに歪《ゆが》んだ気がした。

鮎名はすかさず丁寧《ていねい》に、だが低く奏上《そうじょう》した。

「お帰りでございましょうか？」

もちろん返事はない。

神ゆらぎの口を介さない限り、玉盤の神々と話はできない。二藍がこの場にいない今は、点定神は満足すれば——諦《あきら》めれば、勝手に消える。

(消えろ)

鮎名は念じた。

(これ以上、我らの民《たみ》の稲を奪うな)

点定神は、腕を中途半端に伸ばしてとめた。とめたまま、片方の瞳だけをぎろりと鮎名に向ける。身体にぞわぞわと悪寒《おかん》が走る。

鮎名は耐えるように唇を噛み、帰れ、消えろと念じ続けた。

鮎名には綾芽のような力はないが、腐っても斎庭を預かる主《あるじ》、一花《ひとはな》の妃宮《きさきみや》だ。簡単に退《ひ》くわけにはいかない。

睨み合いが続く。

ふいに、ふっと風が弱まった。

まずい、と鮎名は歯噛みする。大風の神が通り過ぎてしまったのか。それでは点定神が気を取り直してしまう。石拾いを再開されてしまう。

悪い予感が当たったように、点定神は盤に目を戻し、再び手を伸ばしはじめた。

(だめか)

鮎名の目が厳しく歪んだそのとき――。

カッと青白い光に拝殿が染まる。

身を引き裂くような雷鳴がすべてを揺るがした。

拝殿に控えた者たちは誰もがひれ伏し、悲鳴をあげる。鮎名も思わず目をつむった。

だがはっと気づいて、すぐさま盤の向こうを見やる。

「……はは」

つい、笑いが漏《も》れた。

そこにはもう、西沙の女の姿はなかった。とられた石は――四。

祭文の巻子を両手で広げながら、鮎名は笑みを浮かべた。

――我らの勝ちだ。


「稲縄《いねただ》さまが助けに来てくださったのだな」

綾芽は、桃危宮の楼門《ろうもん》で雨風をしのいでいた。隣で空を見あげている二藍に、弾《はず》む声で話しかける。

「あなたを助けてくださったんだよ、きっと」

神蛇が巻き起こした大風のはるか上では、雷雲が蠢《うごめ》いていたらしい。おかげで大風の神が妻館《つまだて》に去っても、周囲は大荒れの天候が続いていた。

もちろんこの雷雲も、斎庭が招いたものである。怨霊《おんりよう》であり、雷神でもある怨霊、稲縄を、今日この日に勧請していたのだ。

綾芽が提案したのだった。点定神を退《しりぞ》けるには、とにかく荒天が必要。ならば大風の招きに失敗した場合でもどうにかなるように、稲縄に雷を落としてもらえばいい、と。

相手は怨霊だから、こちらの願いを聞いてくれるわけがない。鮎名も他の妃たちも、なにより二藍が渋っていたが、結果は大成功だった。稲縄は招きを受けいれてくれたのだ。

おそらくは、二藍を助けるために。

「ありがとう、稲縄さま！」

ごろごろと不穏な音を立てている空に向かって明るく叫ぶ。きっと稲縄は雲の向こうで、苦い顔をしているだろう。

「あの御方が、わたしを好いているとでも思っているのか？」

さすがに二藍は苦笑して、綾芽を見やった。

「そんなわけはない。政敵と、自分を見捨てた妹の血。どちらをも継いだわたしをいじめ倒すのが、怨霊となった稲縄さまの、唯一《ゆいいつ》の鬱憤《うっぷん》晴《ば》らしだ」

「でもちゃんと、こうやって助けてくださったじゃないか」

（それにわたしは、稲縄さまがあなたを気にかけているって知っているんだけど）

綾芽はもどかしく口をもぞもぞさせた。言ってしまいたいが、そんなことをしたら真上に雷を落とされるかもしれない。それはちょっと困る。

どちらにしても、祭礼はうまくいったようだった。白砂《しろすな》の庭を挟んだ向こう、霞《かす》む拝殿には小さく鮎名の姿があり、こちらに向かって手を揺らしている。

西沙の点定神は、風雨を嫌って早くに祭礼を切りあげたのだ。大風の神も、いまごろ高子がうまくもてなしているだろう。

黄の邦には恵みの雨が降る。枯れはてる稲も少なくて済む。斎庭の役目は最善に終わった。あとは大君や太政官《だじょうかん》の腕の見せどころだ。

「もしかしたらあの方も、わたしを憎むばかりではないのかもしれぬな」

二藍が頰を緩め、独り言を呟いたのが聞こえた。

綾芽は笑みを浮かべる。聞こえなかったふりをして、大きく鮎名に手を振りかえした。

雷の音は、徐々に㔶《くしげ》の山の向こうへ遠ざかっていった。

入れ替わりに、医官に診《み》てもらっていた千古が戻ってきた。元気そうで安心したが、少しだけ悔しそうでもある。

「なぜかあのときだけ、腕がつってしまったのです。今はもうなんともないのですが」

珍しくしおれている千古に、二藍が穏やかに声をかける。

「無理をさせすぎたかと心配したが、なんともないならばよかった。大儀だったのは変わらぬ。ゆっくり休むといい。褒美《ほうび》も取らせよう」

千古はそれでも落ちこんでいたが、やがて顔をあげて、胸を張った。

「金品はいりません。官位がほしいのです」

「それはわたしから与えられるものではないが」

と二藍は微笑む。

「だがお前の働きが素晴らしかったことは、しかるべきところにかならず伝えておこう」

千古は頭をさげる。その美しい唇には、満足そうな笑みが浮かんでいた。

元気を取りもどした射手を見て、ようやくすべてが終わった気がした。

千古が弓矢の手入れをすると言って場を辞すと、綾芽と二藍もゆっくりと歩きだした。

二藍の髪からひっきりなしに滴《しずく》が垂れている——と思ったそばから自分の額《ひたい》を水が流れ落ち、綾芽は思わず笑ってしまった。

「濡れ鼠《ねずみ》だな。お前もわたしも」

「あなたの方が大変なことになっているよ。装束が大層なものだから」

「まったくだ。早く尾長宮に帰って着替えたい」

やれやれと額を拭う二藍を、綾芽は眩しく見つめた。

「……やっぱりあなたや妃宮はすごいな。さすがだった」

「なにがだ」

「こうやって嵐をぶつけて点定神を退けることを、最初から考えていたんだろう?」

綾芽はずっと、点定神へは手がだせないのだと思っていた。打つ手なしと諦めているのだと。

だが、そうではなかった。斎庭は、多数を救うために少数を犠牲にする場所だ。しかしそれは最後の最後、どうしても他に手がなければのこと。

賭けに出て、勝ちを拾いにいったふたりや斎庭の女官らが、綾芽は誇らしかった。

「玉盤神が雨を嫌うというのも、おかしな話だとは思うがな」

二藍は照れくさいのか、ことさら難しい顔をして、濡れて重くなった袖を絞っている。

「うん、変な神だよ。でもあなた方が諦めなかったから、その神の変な質《たち》を見つけられて、うまく活《い》かせたわけだ。本当にすごいよ。尊敬してる」

「そういう熱烈な賛辞は、妃宮に言ってさしあげろ。喜ぶぞ」

「もちろん申しあげるつもりだけど……」

その前に二藍に伝えることがもうひとつ。

「ありがとう」

「今度はなんだ、急に」

「さっき、千古に心術を使わなかったから。わたしを信頼して、任せてくれたから」

二藍は袖を絞る手をとめた。眉をあげて、「当たり前だろう」と軽く笑う。

「約束したからな。それにとうの昔から、誰よりも信頼している。今さらだ」

その言葉は澄んでおり、瞬く間に綾芽の心に染《し》み渡った。

「……どうした？」

「いや、なんでもない」

綾芽はいそいそと、二藍の真似をして袖を絞りにかかる。

そんな綾芽を見おろして、「なるほど」と二藍は目を細めた。身をかがめ、綾芽の耳元で甘くささやいた。

「照れているのだな？　かわいらしいことだ」

うわ、と綾芽は跳ねあがって耳を押さえた。耳の奥に吐息《といき》を感じて、どぎまぎする。

二藍はわかってやっているのだろう。綾芽が真っ赤になっているのを見て、してやったりと言わんばかりに笑った。

「赤くなるな。友に耳打ちされたくらいで」

「そうじゃない」

綾芽はむきになって口を尖《とが》らせた。「羽虫でも入ってきたかと思ったんだ」

「虫？　ずいぶんと色気のないことを」

「友の耳打ちに色気もなにもあるか」

二藍はますます嬉しそうだった。

「まあよい、とにかく帰ろう。早く着替えねば風邪《かぜ》をひく」

笑って綾芽の背を押す。

「わたしは先に千古を送ってくるよ」

「そうしてくれるとありがたい。だが早く帰ってこい。今宵はお前と二人、揃《そろ》って夕餉《ゆうげ》をいただけるのだろう？」

「……今宵は？」

綾芽はおかしくなって口元を押さえた。

「何を言ってるんだ。今宵も、だろう？」

笑みを浮かべて見あげると、二藍の瞳は、ひどく幸せそうに輝いていた。


桃危宮の長い回廊を、綾芽が軽い足取りで遠ざかっていく。

その背中を見つめて、二藍は心から思っていた。

——幸せだ。これ以上はないほどに。

だが、ひとつの望みが叶《かな》えられれば、すぐに次の欲が生まれる。

綾芽と共に歩む未来を手に入れたい。そんな願いが、心に熱く満ち満ちてゆく。満足なんてできそうもない。

「わたしも立派に欲深く、人らしくなったものだ……」

そんな自分は、悪くない気がした。

第七章

斎庭《ゆにわ》に先触れの来《きた》る

大風の勧請《かんじょう》、そして点定神《てんじょうしん》の祭礼。

すべてがつつがなく終わったのを見届けた大君《おおきみ》は、いよいよ権中納言《ごんのちゅうなごん》一派の捕縛を命じた。検非違使《けびいし》に屋敷を囲まれた権中納言は、すでに覚悟はしていたのだろう、おとなしく縄についたという。

「権中納言と気脈を通じていた官人貴族が数名いたが、それもみな捕縛されたそうだ」

大君のおわす鶏冠宮《けいかんぐう》の一角、木雪殿《もくせつでん》で、鮎名《あゆな》は二藍《ふたあい》に言った。権中納言らへの尋問《じんもん》は、外庭《とつにわ》の太政官《だじょうかん》により行われている。

「では、彼奴《きゃつ》らが隠していた文物も見つかりましたか」

「ほとんどはな。玉央《ぎょくおう》の、かなり珍しい品ばかりだそうだ。いくつか書状も見つかったことが大きかった。兜坂《とさか》が玉央の属国になった暁《あかつき》に、高官に取り立ててもらう約定《やくじょう》を結んでいたらしい。まったく腹の立つことだ」

と言いつつ鮎名が胸を撫《な》でおろしているのが、二藍にはよくわかった。

大君は、玉央と懇意《こんい》にしていた貴族への締めつけを急に強めた。貴族のうちにも反発があったのだ。此度《こたび》は謀反《むほん》の疑いありとはっきり示せたからよかったものの、そうでなくては、政争になって大君の地位さえ危なかったかもしれない。

外庭には外庭の論理がある。左右大臣が結託し、年若い二の宮を立てて摂政《せっしょう》政治を行おうとする可能性は充分にあった。斎庭《ゆにわ》の都合など顧《かえり》みず。

二藍も安堵《あんど》の息をつき、それから疑問に思っていたことをいくつか尋《たず》ねた。

「外庭では、なんらかの策謀が進んでいたのですか？」

「幸いそういうものはなかったようだ。外庭の者どもは、石黄《せきおう》とは別の謀略を働いていると思っていたのだがな。おおよそ、石黄のたくらみのゆくえを見定めていたのだろう。権中納言らと石黄は、いざとなれば呼応する手はずだったのでは？」

まだ詳しくはわからないが、と鮎名は脇息にもたれた。

「そのあたりは、お前が詮議《せんぎ》するだろう？」

二藍はうなずいた。これからこの木雪殿に、権中納言を引きだす。斎庭に関する事柄は、二藍が直接尋問する手はずになっている。

「どうする。やはり心術を使って吐かせるのか？」

「いいえ」

と二藍は微笑を浮かべた。

「脅《おど》しのために、目くらいは赤くしてやりますが。それで充分でしょう。心術を使っていると思わせれば、嘘は言えますまい」

「嘘はな。あえて言わなかったことは、無理矢理吐かせない限りこちらにはわからぬよ」

「……では心術を用いましょうか。あなたが仰《おつしや》るなら致し方ない」

鮎名は「いや、異存はない」と、どこか楽しそうな顔をした。

「どうやら少しは己《おのれ》の身を労《いたわ》る気になったようだな。ちゃんとわかっているぞ。綾芽《あやめ》のおかげだろう」

「さて、どうだか」

涼しく返したつもりだったが、自分にすら嘘くさく聞こえて、二藍は閉口した。

「お前にあの娘がいてよかった」

「この国に、の間違いではありませんか？」

「お前に、だよ」

なんと返せばよいかわからず、二藍は堅苦しく頭をさげた。

この義姉《あね》には、最初から見透かされていたのだ。年は二つ三つしか変わらないのに、自分があまりにもものを知らない若人《わこうど》のような気がしてしまう。

鮎名は笑みを浮かべて、日の光が眩《まぶ》しく照り返している南の廂《ひさし》に目をやった。

「八杷島《やはじま》の祭官が、神ゆらぎを人にする手立てを知っているとよいな。そこでわからねば、この世の誰にもわからぬだろうし」

「わたしが神ゆらぎでなくなったら、斎庭は困るのでは？」

「困る」

鮎名はさばさばと言ったが、こうも付け加えた。

「だがお前が人になれるならこれほど嬉しいことはない。そう、わたしも大君も思っているよ」

「複雑ですね」

「複雑だ」

その声は思いのほか柔らかく、二藍は所在をなくして扇《おうぎ》をひらいた。

この頃、ようやく気づいたことがある。

今までも二藍は、自分で思っていたほどは孤独ではなかったのかもしれない。みな立場があり、建前もある。それでも手をさしのべてくれる人はいる。もっと早く気づいていればよかった。

やがて、大君がお渡りになるとの知らせが来た。居住まいを正そうとした二藍は、ふと思い出して、「そういえば」と鮎名に顔を向ける。

「わたしと綾芽を匳《くしげ》の山で襲った者について、なにかわかりましたか？　桃危宮《とうきぐう》の舎人《とねり》を調査にやってくださいましたね」

大君の御帳台《みちようだい》を自《みずか》ら調《ととの》えていた鮎名は、手をとめる。

「実は、あの者らの素性《すじよう》はわからなかったのだ。その……」

「食い荒らされていたから？」

「そうだ。だが太刀《たち》やら所持品やらがどこから来たのかは調べた。お前の言うとおり、妙に造りのよい武具だったようでな。盗品だったそうだ」

「盗品……」

ということは、あの者らは、ただの盗賊だったのだろうか。

「違うのか？　あの洞穴をねぐらにした盗賊が、お前たちに驚いて追い払おうとしたのでは？」

「すんなりと殺せばよかったのに、妙にもたもたしていましたが」

「身代金《みのしろきん》を取ろうか、品定めしていたのだろうよ」

「……なるほど」

「しっくりこないのか？」

「政敵がよこしたのかと思っていたのです。ですが仰《おつしや》るとおり、盗賊だったのかもしれません」

「政敵か。確かにお前には敵も多いな。外庭にも、この斎庭にも。太妃《たいひ》は、お前が我々をいいように操っているのではないかと毎日のように探りを入れてこられるよ」

「国思い、息子思いのお心の強い御方ですからね。致し方ない。わたしも太妃の立場なら同じく疑います」

「あの御方は、本当はお前のことも案じているのだがな」

ため息のように漏《も》らすと、鮎名は衣《ころも》を引いて自らの座に戻った。

「どちらにせよ、綾芽もお前もなにか得物《えもの》を持ち歩いた方がよいかもしれぬ」

「ご心配なく。もう鍛戸《しよくにん》に命じてあります。小さいが切れ味の良い短刀を」

　綾芽は自分で自分を守れる娘だ。そこは信頼している。だからできる限りは、自ら身を守ってもらわねばならない。

　だがいざとなれば、綾芽が泣こうとわめこうと、己が心術を使うと二藍は決めていた。この忌《い》まわしき神の力は、そういうときのためにこそある。

ことの顚末《てんまつ》を聞いた大君は、御帳台に座して、くつくつと笑った。

「ほう。心術を使わぬか。それはよいな」

二藍は観念して、「綾芽に約束しましたゆえ」と正直に答えた。どうせ鮎名と同じことを思っている。

「それでよいのだ。使うと知られていれば、実際に使わずとも脅しには充分。実常《さねつね》のくだらぬ思いつきに力を貸していたことには呆《あき》れていたが、ようやく大人になったわけか」

「ご存じでしたか」

苦々しく答えると、大君は脇息に肘《ひじ》をつき、目を細めた。

「八杷島の祭官が、参内《さんだい》できるようになったと申してきた。まずはお前が会ってみよ。どの程度の者か推《お》しはからねばならぬ」

「ようやくなのですね」

二藍は、期待と不安が膨《ふく》らむのを押しとどめた。

八杷島の使節に随行して兜坂にやってきた祭官は、大風の勧請の少し前には、すでに羽《う》京《きよう》に入っていた。客館で時機を待っていたのだ。

大君はうなずいて、二藍に巻子《かんす》をいくつか渡した。

「すでに外庭で八杷島使《やはじまし》と会ったが、国書の他に、玉盤神《ぎよくばんしん》にまつわる巻子と冊子《さつし》、併せて三十も携《たずさ》えていた。八杷島に玉盤神が来訪した際の記録だという」

「三十も。それはあちらも思いきりましたね」

「本気の様子だ。お前も中を検《あらた》めよ」

二藍は手早く巻子をひらいて、目を見張った。

百年は優に越える、古い記録だ。これだけの記録があれば、兜坂も詳細に、正確に玉盤神の動向を窺《うかが》えるようになる。素晴らしい贈り物ではないか。

「これだけつまびらかにするならば、八杷島は相当の要求をしてきているのでは？」

外交には見返りが必要だ。ただで助けてくれるわけはない。

「それが、今のところはそうでもない」

鮎名が答えた。「もし玉央との間に諍《いさか》いが起これば、かならず八杷島を支援する。そういう約定は結ばれたが」

「約定……。それだけ八杷島も、追いつめられているのでしょうか」

それだけとも思えず、二藍は首をひねった。八杷島が玉央を警戒するのはわかる。だが冷静に情勢を見やれば、玉央は今、西方の押さえに手一杯のはず。東には大軍を割けない。しかも、嵐を読み、招く八杷島を、簡単に攻められるわけもないのは明白だ。

「そのあたりのことも含めて探るのだ」

と大君は、扇で脇息を軽く叩《たた》いた。

「十櫛《とくし》からでは、いまいち八杷島の政情がわからぬ。八杷島の祭官とは、王に祭礼の助言をする高位の貴族。見えぬ王の心を窺うよい機会だ。ちなみに祭官は、若く美しい女だという噂《うわさ》だ。名は羅覇《らは》。お前ならば心配ないとは思うが、心してかかれ」

承知しました、と二藍は答えた。なにも裏がないとよいのだが。

そうしているうちに、権中納言が引きたてられてきた。

尋問は、木雪殿の南庭《なんてい》で行われた。権中納言は枯れ木のような身体を震わせ、うなだれている。かつての傲慢《ごうまん》さは消え失せ、骨に染《し》みついた、怯《おび》えた鼠《ねずみ》のごとき性根《しょうね》だけが残っていた。

「もともとは、先年に身罷《みまか》れた、さきの大納言からのお誘いだったのです」

権中納言は、二藍の赤眼から逃げるように身をよじった。

「さきの大納言が、早晩この国は玉央のものになると申されました。そうなれば、いまの貴族はみな鼻を削《そ》がれ、首を刎《は》ねられ、鶏冠宮《けいかんぐう》の軒先に吊るされるだろうと。しかしもし、我が国の祭祀《さいし》を玉央にお渡しするために働けば、新たな国でも、変わらず重用されるだろうと仰《おっしゃ》ったのです」

「新たな国？　ただの属州の間違いであろう」

冷ややかに二藍が見おろせば、権中納言は目を伏せる。

「首を刎ねられるよりはましでございましょう」

「確かに、幾分かはましだ」

皮肉を言って、二藍は腰の太刀にわざと音を立てて触れた。

――小物も小物だ。石黄の足元にも及ばない。

「それでお前は玉央と結んだ。協力を約束し、見返りに官位を認める書状、文物などを得た。ここまで偽《いつわ》りはないな」

「……ございません。しかしそれもみな、さきの大納言に言われるがままのこと。玉央と直接にやりとりしていたわけではございません。ご存じのとおり、そんな手段も伝手《つて》もありません。わたし以外もみなそうです」

二藍は御簾《みす》のうちの大君と妃宮に目をやった。ふたりは小さくうなずいている。ここまでは検非違使の調べと同じ。

二藍は膝《ひざ》をつき、うつむく権中納言に無理矢理に己の赤い目を覗《のぞ》かせた。

「ならばお前は今はまだ、玉央に何事も漏らしていないわけか」

「と、外庭《とつにわ》のことはいっさい。なにぶんわたしは言われるままに――」

「斎庭《ゆにわ》のことは？」

権中納言は口をひらき、やがてか細い声を絞った。

「斎庭のことは……地図と、花将《かしょう》百官の名、出身に人となりを、漏らしました」

「ほう。やってくれたな」

冷たく言い放ったが、一方で二藍は疑問にも思っていた。

斎庭の地図と花将の配置。

確かに他国にとっては知りたいところかもしれない。だが、それを権中納言が漏らしたところに違和感がある。

そんなもの、権中納言を介す必要はない。なぜならこの男らは、斎庭にいる石黄とも共謀していたはずだ。玉央は、石黄から情報を手に入れればよいではないか。

「その地図などは、どこで手に入れたのだ」

「家人の係累《けいるい》に、ちょうど斎庭の招方殿《しょうほうでん》で働く女官がおりましたので」

「……石黄からではないのか？　お前たちは鈴《すず》なる女官を使って、文《ふみ》をやりとりしていたではないか」

権中納言は顔をあげた。口元が引きつって、歪《ゆが》んだ弧を描いている。まるで笑っているような——。

（……笑っているような？　これはまさに笑みそのものではないのか）

二藍は一瞬だけ迷った。だが覚悟を決めて、口をひらいた。

「正直に申した方が身のためだ。石黄からではないのか？」

権中納言の瞳が、ぼうっと焦点《しょうてん》を失った。ゆっくりとその口が動く。

「……ええ、石黄さまからではございません。玉央と結び、国に背《そむ》いていたわたくしどもに、あの御方が何かを教えてくださるわけがないのです」

――何を言っている？

二藍は顔をしかめた。

「石黄とお前たちは、同じく玉央に頭《こうべ》を垂れた同志ではなかったのか？」

「まさか。あの御方は我々とも、玉央とも、手を結んでおりません。むしろ嫌い、怒り、我々を脅してさえいらした」

尾長宮《びちょうぐう》に帰ってきた二藍の話を聞いた綾芽は、え、と眉を寄せた。

「どういう意味だ。石黄は、玉央に兜坂の祭祀を渡して、斎庭がなにもできないようにするために策を巡らせていたんじゃなかったのか」

「それは確かにそのとおりだった」

二藍は綾芽の向かいで、しきりに閉じた扇で膝を叩いている。苛立《いらだ》っているのだ。

「石黄は確かに、我が国から祭祀を奪い、玉央に預けようとしていた。だがそれは玉央の利を求めてではなかった。致し方なく玉央の傘下《さんか》に入ろうとしていた――そういうことらしい」

「致し方なく……？」

二藍の話によれば、権中納言らは当初、同類と思って石黄に接触していたらしい。石黄が祭祀を玉央に渡すべきと主張しているのを知り、仲間に引きこもうとしたのだ。

しかし。

石黄はなんと、玉央と結ぶのは即刻やめるようにと忠告してきたのである。国を売るような真似をするものではない、と。

「権中納言には理解できなかったようだ。玉央に祭祀を預けようと動いているのは両者とも同じ。なのに石黄は、玉央に与《くみ》するつもりはないうえ、たしなめてくる始末だ。確かに意味がわからない」

それればかりか石黄は、大君の足を掬《すく》う真似は決してするな、と権中納言らを脅しにかかった。

もしこの忠告が聞けないのなら、お前たちの心を空《うつ》ろにしてやってもよいのだ――。

「じゃあ石黄に脅されていたから、権中納言らは外庭でたいした陰謀も企《くわだ》てず、おとなしくしてたのか？　いたずらに国を混乱に陥《おとしい》れないよう、見張られていたから」

「だろうな」

「なぜ石黄はそんなことをしたんだ？」

権中納言らも問うたという。玉央に頭をさげるつもりはない。なのになぜ、玉央に祭祀を渡そうとしているのか？

石黄は答えた。

『兜坂のため』

――このままでは兜坂はかならず滅国《めっこく》に向かう。だからその前に、兜坂の民《たみ》を救うのだ。

「滅国？　玉盤神が命じる滅国のことか？」

「そうだ」と二藍はこめかみを押さえた。

玉盤神の命じる滅国は、恐ろしい神の宣告である。

こちらが少しでも、玉盤神の決めた法に逸《そ》れるようなことをすれば、それが故意であるかどうかに拘《かかわ》らず、即、滅国を言い渡す。

一夜にして都は灰燼《かいじん》に帰《き》し、国土は荒れ、痩《や》せ細り、人は死ぬ。

石黄は、悲壮にも見える表情で告げたそうだ。

『わたしは、この国を守ろうとしているのだよ』

「石黄が言うに、祭祀を預ければ、斎庭はもう神招きに手出しができなくなる。それは、玉央の属国になったも同然とみな思っているが、とはいえすべてを握られるわけではない」

失うものも多いが、得るものの方が大きいのだ。

玉盤神の恐怖の下《もと》から逃れられるのだから。

「……詭弁《きべん》じゃないか？」

と訝《いぶか》りつつ、綾芽はかつて、まったく同じことを聞いたのを思い出した。石黄そのひとの口からだ。

そういえば石黄は、最期《さいご》にこうも言っていた。

『わたしはこの国を思っているのだ』――

（どこがだ。石黄の振る舞いのどこが、この国を思っていたっていうんだ）

確かに玉央に祭祀を任せてしまえば、兜坂に玉盤神は来なくなるだろう。理不尽《りふじん》な祭礼をこなす必要も、いつくだるかわからない滅国の恐怖に怯えることもなくなる。

だがそれで国を守ったといえるのだろうか？　神とはなにも玉盤神だけではない。玉央に頭を押さえられてしまえば、茨《いばら》の道だと誰もが言うのに。

それとも。

ふいにぞくりと身体が震えた。

――石黄はこの国の誰も知らないなにかを、知っていたのだろうか？

だからこそ、誰もが無謀と思う道を突き進んだのかもしれない。犠牲を出そうと、悪事に手を染めようと。

（そんなわけない）

綾芽は不穏な考えを振りはらった。

「国を守るなんて、どうせ方便だよ。石黄は、権中納言たちをも手玉にとるつもりだったんだ。いざ属国になったとき、別の勢力があると厄介《やっかい》だろう？　権中納言たちを潰《つぶ》して、自分だけおいしい思いをしたかったに違いない」

「ならばいいのだが」

二藍は扇に目を落とし、黙りこくった。

「……なにか気にかかることがあるのか？」

「いや、お前の言うとおりだろう。おそらくな。……そうだ、神金丹《しんこんたん》を奪ったのは権中納言らなのか、問いただすのを忘れてしまった。検非違使に命じておかねばな」

二藍は弱々しい笑みを浮かべて、また口をつぐんでしまった。扇の先を、力なく床に落とす。

苦しい心のうちが迫ってくるようだった。自らが刎ねた石黄の首。綺麗に繋がらない陰謀の輪。そして。

綾芽は、そっと二藍に肩を寄せた。投げだされた手に優しく触れる。驚くほど冷たかった。心術を使ったあとは、いつもそうなのだ。

「……心術を使わずに、尋問を終えたかったのだが」

二藍はやがて、ぽつりとこぼした。

「仕方ないよ。必要だったんだろう」

少しでも温めようと、綾芽は二藍の手を両手で包んだ。

「あなたはいつも最善を尽くしてる。みなを生かしているのはあなただ。石黄じゃない」

たとえ石黄が、なにを考えていたとしても。

二藍は黙っている。でもじんわりと、ほんの少しだけ、綾芽に身を寄せた。肩を触れ合わせ、互いに少しだけ、重みを預ける。支えあうように。

衣を重ねていても、確かに人肌の温かさが伝わる。心地よい。二藍もそう思ってくれているように願う。

「わたしが、八杷島の祭官から、なんとかいい情報を引きだすよ」

「……すぐに会わせるのは無理かもしれないが」

「長い目で見よう。もう祭官は、羽京に入っているんだろう？」

「ちょうど今日、尾長宮に来る。お前もどこかで話を聞いていてくれるか」

「もちろんそうするよ。女嬬《にょじゅ》として侍《はべ》っておこう。あ、でもその前に、千古《ちこ》のところに行ってきても大丈夫か？　弓を返さなくちゃならないんだ」

二藍はうなずいた。

「約束まではまだ刻《とき》がある。会ってくるといい」

綾芽が出かける準備を始めたときには、二藍はもう、いつもどおりの表情をしていた。

「しかし、千古に稽古《けいこ》をつけてもらっているとはな。お前にも充分な腕があるだろうに」

櫨《はじ》の丸弓を抱え、綾芽は照れ笑いを返した。

「いや、結構癖《くせ》が強いんだ。射るときに身体が傾《かし》いでいるのはよくないし、長弓《ちょうきゅう》にも慣れてない。だから、この機会にちゃんと教えてもらうことにした。千古は熱心だよ。ありがたい」

「そうなのだろう。ようやくお前の名も覚えたようだしな」

二藍は笑みを浮かべた。千古は近頃『女嬬』ではなく、『梓《あずさ》』と呼んでくれる。それが綾芽には嬉しかった。

「行ってこい。それで早く戻ってこい」

「うん、そうするよ」

綾芽はゆきかけて、一度振り返った。あえて明るく、からかうように尋ねてみる。

「わたしがいないと寂《さび》しいか？」

二藍は黙って綾芽に歩み寄った。

どうしたのかと思ったときには、綾芽は肩を強く抱かれていた。

「当たり前のことを訊くな」

あまりにも不意打ちで、綾芽は棒きれみたいに立ちすくんだ。袍《ほう》から薫《かお》る清らかな香りに包まれている。なにも考えられない。

二藍はすぐに身を離し、いつもの調子で言い足した。

「余計な話をしていないで早くゆけ。わたしも着替えねばならぬ」

「わ――わかった」

綾芽は慌《あわ》ててうなずいた。頬《ほお》が熱くてしかたなかった。


千古は北面の射場で弓の稽古をしていた。走り寄ると、「遅かったね」と肩をすくめる。

「さては二藍さまが離してくれなかったんだな」

「そういうのじゃないので、本当に」

「ふうん、なるほどなるほど」

わかったのかわかっていないのか、千古は軽く笑って伸びをした。

今日も背筋がきりりと伸びて、美しい。この人に近づきたいと綾芽は思った。常に前を見やる視線や、笑みを湛《たた》えた唇に。

弓を返して戻ろうとすると、

「あ、そうだ。梓にやろうと思っていたものがあったんだ」

千古は思い出したように、小さな包みを懐《ふところ》から取りだした。

「これ、わたしが使ってる紅《べに》。あげるよ。いつもわたしの唇、物欲しそうに見てるから」

綾芽は真っ赤になった。ばれていたのか。

「いえ、でも申し訳ないし、わたし他にも持っているし」

「じゃあ気分で使いわければいいじゃない。面倒ならつけなくてもいいし、めかしこみたいならそうすればいいし。なければ選べないけど、あれば選べる。選ぶのって楽しいよ」

確かにそうかもしれない。

「それじゃあ、いただきます」

両手をさしだす。千古のすらりと長い指が、ぽんと手に触れた。

(——ん?)

ふいに襲った違和感に、綾芽は首を傾げた。千古は変わらず笑みを浮かべている。だが今のは——今のは？

「……あの、千古さま」

「なに？」

綾芽は迷った。でも訊かないわけにはいかない。

「このあいだの腕の不具合ですが、あのあと、どうですか？」

「ああ、あれね」

千古は美しい唇をすぼませた。「全然大丈夫、まったくなんともないよ」

「だったらよかった。……でも珍しいですよね。千古さまの腕があんなふうになるなんて」

「珍しいどころじゃないよ。いくら緊張していたにしても、さすがにひどい醜態《しゅうたい》だった。変だよね。あそこまで全然なんともなかったのに」

「腕が疲れていたとか、違和感があったとか、そういうのも？」

「まったく。わたしはあのとき、乗りに乗っていた。なのに最後の的《まと》を狙おうとしたら、なんというか……急に、あ、だめだって」

綾芽は、背筋が冷えるのを感じた。まさか、いやでも万が一——。

「ちょっと梓、どうしたの」

千古が戸惑《とまど》うのに構わず、綾芽はその両手をとった。すぐに悪い予感はまことのものとなる。

千古には心術がかかっている。石黄のものでも、二藍のものでもない。これは――。

綾芽は転がるように駆けだした。

「え、ちょっと梓？」

「二藍さまに知らせます！」

同じだ。あの、石黄が隠し持っていた神金丹の神気と同じ気配がする。あの薬に神気を籠《こ》めたのと同じ者が、千古に心術をかけたのだ。最後の矢を射られなくなるように。

（なぜ？）

息せき切って、尾長宮に駆けこもうとした。しかし車寄《くるまよせ》には雅《みやび》やかな牛車《ぎっしゃ》がとまっていて、綾芽は行く手を阻《はば》まれた。二藍はまだ刻があると言っていたが、もしや――。

「どなたがいらっしゃっている？」

詰めよらんばかりに綾芽に尋ねられた牛飼童《うしかいわらわ》は驚いて、おどおどと頭をさげた。

「八杷島の祭官、羅覇《らは》さまだそうです」

二藍は南の対《たい》で、ひとりの女と相対《あいたい》していた。

「わたくしは八杷島より参りました、羅覇と申します。こんな早くに押しかけてしまい、まことに申し訳ございませぬ、春宮《はるのみや》さま」

「確かに少々慌てた。まさかこれほど早くに迎えることになるとは思いも寄らず、準備も調っていないが、許せ」

「ありがたいお言葉、感謝いたします」

白き衣に青色の紗《うすぎぬ》をまとい、しゃなりと頭をさげた女は、確かに美しい。小さなおとがい、大きな目。儚《はかな》さと、若き娘の可憐《かれん》さを併せ持っている。兜坂の美人とは異なる顔つきだ。

（誰からもかわいがられる娘に見える。一目見て心奪われる男も多いだろう）

二藍はごく冷静に思っていた。

しかし面《おもて》をあげよと命じたとき、二藍は己の推察が間違いだったと気づいた。可憐な娘の顔のまま、女は底知れないものを秘めた視線をこちらに向けている。

「春宮さま、わたくしは祭官でございます。春宮さまもご存じの如く、八杷島の王を助け、導くのが役目の一族」

「そう聞いている」

「ではわたくしどもが、あなたさまのお国のためにすでに働いていた、ということもご存じでしょうか?」

銀の鈴を転がしたような声に、不遜《ふそん》が滲《にじ》む。二藍は警戒して声を低めた。

「玉盤神の記録を、祭王よりいただいた。感謝している」

「そちらではなく」

白くほっそりとした指を、羅覇はすいと懐に潜《ひそ》ませた。

なんだ、と二藍が眉をひそめるなか、なにものかを取りだす。舞でも舞うようにくるりと手首を返し、掌《てのひら》をひらいた。

二藍は息を呑んだ。

その掌には金の粒がひとつ。

間違えようもない。あの――石黄の神金丹だった。

二藍は、この女の言わんとすることを理解した。思わず衣の下に隠した短刀を確認する。

「……そなたが神金丹を、石黄に渡したのか」

「お言葉のとおりでございます」

二藍の怒気の籠もった視線をものともせず、羅覇は微笑んだ。「わたくしどもが、お渡し申しあげました。石黄さまが、どうしても必要だと仰いましたので」

「では、神金丹を石黄の館から奪ったのもお前たちか?」

「僭越《せんえつ》ながら、わたくしどもの国の者が回収にあがりました。あれはただびとには毒ゆえ、知らぬ者が口にしてはならぬと急ぎ向かわせたのでございます」

女の口にのぼった笑みは、まったく崩れない。二藍は努めて冷静を装った。

「なぜ石黄に神金丹を与えた。なんのために」

「なぜかと言われれば、頼まれたからでございます。石黄さまがそれを求められた理由までは存じませせぬ。ただ……」

女はふう、と神金丹に息を吹きかける。二藍は眉をひそめた。かぐわしい香りが鼻をつき、くらくらと目が回る。思わず手が伸びそうになる。

「――あら、春宮さま」

二藍の表情を見やっていた羅覇のかんばせに、あどけない笑みが浮かんだ。

「これがお気に召されましたか？　さしあげてもよいのですが」

二藍は一瞬、口をあけかけたまま動きをとめた。しかしはたとして、唸《うな》るように答える。

「いらぬ」

「本当に？」

南の対は、しん、と静まりかえった。

奇妙に思えるほどに。

「……失礼いたしました」

やがて羅覇はゆっくりと掌を握った。神金丹を懐に戻して、うやうやしく頭を垂れる。

「我らは石黄さまがこれを求められた理由を知りませぬ。ただあの方は、お国を守ろうとなさっていた。それは確かですわ。今のままでは、兜坂はいつまでも玉盤神の祭礼を続けねばならない――。おそらく石黄さまは、それを案じていらっしゃった。玉盤神を招くよりは、祭礼を放棄した方がましとのお考えでいらした」

「そんなわけはない」

「ではあなたさまは、自信がおありなのですか？　玉盤神との付き合いがもっとも短いこの兜坂国が、いつまでも玉盤神を退《しりぞ》けられると？　失礼ながらこの国は、号令神《ごうれいしん》すら迎えられたことがございません」

（号令神？）

二藍は衣の上から短刀の柄《つか》を握りしめたまま、じっと羅覇を窺った。

「……石黄は、号令神の来庭《らいてい》を恐れていたと申すのか？」

号令神は、玉盤の神々の一柱《ひとはしら》だ。理由もなくひとつの国を選び、滅国を命じる神である。いつ現れるのかも、どこに現れるのかもまったくわからない。もう百数十年は、廻海《めぐりのうみ》のどこにも現れていないという話だった。

　はい、と羅覇は微笑んだ。

「あれは多くの国が恐れる、玉盤神の中の玉盤神でございますわ。無礼を承知で申しあげます。兜坂国もあなたさまも、あの神の恐ろしさをまったくおわかりになっていない。少しも、爪のさきほども」

「そうかもしれぬな」

　二藍は苛立ちをなんとか押さえつけていた。この女はなんなのだ。なぜいきなりこちらを挑発するようなことばかり言う。勘気《かんき》を被《こうむ》って殺されでもしたいのか？

　二藍の心中を知ってか知らずか、羅覇は、打って変わっておとなしくうつむいた。

「過ぎたことを申しました。お許しくださいませ。わたくしが申しあげたかったのは、石黄さまに神金丹を贈ったのはわたくしどもだということ、しかしわたくしどもは石黄さまがどう使うおつもりかは、存じあげていなかったこと。その二つでございます」

「まことに知らなかったと？」

「もしお疑いならどうぞ、心術をわたくしに用いてお尋ねくださいませ」

「ふざけるな」

　二藍は思わず口走って、すぐに声をひそめた。

「……失礼。そなたは八杷島の祭王がお預けくださった者だ。心術で心を暴くような真似はしない。そなたの言はまことなのだろう。このような場所で、そのように危険も顧みず申すのだから」

「無論でございます。むしろ信頼いただきたいからこそ、このようにあられもなく真実を申しあげているのでございます」

二藍は、睨《にら》むように黙りこんだ。この者をどうすればいいのか、決めあぐねている。だが少なくともこれだけは言えよう。

（思ったより厳しい戦《いくさ》になりそうだな、綾芽……）

二藍の脳裏を、愛《いと》しい娘の笑みがよぎって消えた。

綾芽は尾長宮に入ってすぐ、佐智《さち》に会った。

佐智は、二藍が南の対で八杷島の祭官と会っていると言った。予定よりもかなり早くに来たらしい。殿舎の陰から窺うと、確かに女が二藍の前に参じている。白を基調にしたゆったりとした装束《しょうぞく》は、兜坂のものに似ているようで、どこかが違う。上に羽織った青色の薄物が、波打つ海を思い起こさせた。

（何を話している？）

聞き耳を立てようと、さらに南の対へ近づいた。御簾が幾重《いくえ》にもかけられているのをいいことに、北の廂から母屋《もや》へ忍びこむ。二藍の声は低く、怒りを抑えているように聞こえた。一方の女の声は高く、甘い。

春の花々を思わせるその声は、なぜだか、どこかで聞いたような気もした。

御簾の陰から、二藍の背越しに女の顔が見えた。

綾芽は思わず声をあげそうになる。

目の前に現れた、美しく、可憐な顔かたち。

しかしそれは、瞬《またた》く間に別の顔に塗り換わっていく。

仮面がはらりと剝《は》がれ落ちるように――。

やがて目の前に現れたのは、素朴でかわいらしい顔をした娘だった。

見覚えがある。

――そうだ。

（あれは……あれは……）

かつての同室《どうしつ》。

消えた采女《うねめ》。

紛《まご》うことなく、由羅《ゆら》だった。

※この作品はフィクションです。実在の人物・団体・事件などにはいっさい関係ありません。

集英社オレンジ文庫をお買い上げいただき、ありがとうございます。
ご意見・ご感想をお待ちしております。

● あて先
〒101-8050　東京都千代田区一ツ橋2-5-10
集英社オレンジ文庫編集部 気付
奥乃桜子先生

神招きの庭 2
五色《ごしき》の矢は嵐つらぬく

集英社
オレンジ文庫

2020年10月26日　第1刷発行
2020年11月21日　第2刷発行

著　者　奥乃桜子
発行者　北畠輝幸
発行所　株式会社集英社
〒101-8050東京都千代田区一ツ橋2-5-10
電話【編集部】03-3230-6352
【読者係】03-3230-6080
【販売部】03-3230-6393（書店専用）
印刷所　大日本印刷株式会社

※定価はカバーに表示してあります

ISBN 978-4-08-680346-5 C0193